Katie M. Bennett ist das Pseudonym einer deutschen Autorin, die mit ihrer Familie küstennah im Norden Deutschlands lebt. Schon früh war sie von Büchern fasziniert. Im zarten Alter von 10 Jahren schrieb sie ihren ersten Pferderoman, der allerdings seinen Weg aus ihrem Kopf nicht aufs Papier fand.

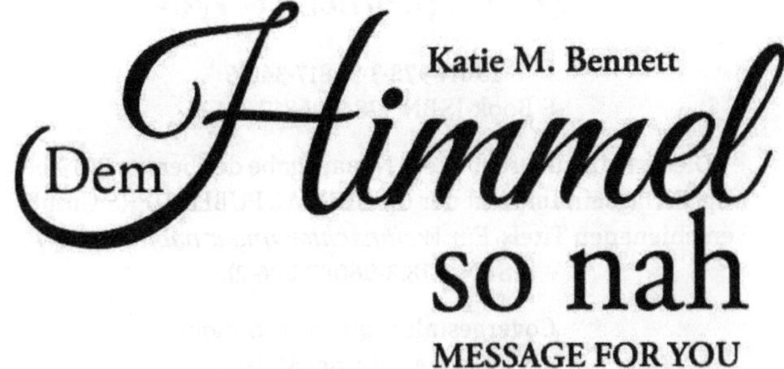

Katie M. Bennett
Dem Himmel so nah
MESSAGE FOR YOU

Überarbeitete Neuausgabe Dezember 2020

© 2020 dp DIGITAL PUBLISHERS GmbH

Made in Stuttgart with ♥
Alle Rechte vorbehalten

Dem Himmel so nah

ISBN 978-3-96817-340-5
E-Book-ISBN 978-3-96817-321-4

Dies ist eine überarbeitete Neuausgabe des bereits 2019 bei
dp Verlag, ein Imprint der dp DIGITAL PUBLISHERS GmbH
erschienenen Titels *Ein Weihnachtswunder namens George*
(ISBN: 978-3-96087-296-2).

Covergestaltung: Coverboutique
Umschlaggestaltung: ARTC.ore
Unter Verwendung von Abbildungen von
depositphotos.com: © almoond
stock.adobe.com: © WavebreakMediaMicro, © TTstudio,
© TrudiDesign
Lektorat: Claudia Steinke
Satz: dp DIGITAL PUBLISHERS
Druck und Bindung: Books on Demand GmbH, Norderstedt

Für Andreas

1. Laurie

Ein leises Brummen in ihrem Kopf erinnerte Laurie beim Aufwachen daran, dass der Champagner um Mitternacht zu köstlich gewesen war. Probeweise öffnete sie die Augen. Die strahlende Sonne über Manhattan hatte sich durch einen Spalt in den Vorhängen einen Weg ins Schlafzimmer gesucht und kitzelte jetzt ihre Nasenspitze. Laurie schloss die Augen wieder und tastete mit der Hand neben sich. Die andere Seite des Betts war noch warm aber leer. Ein Lächeln schlich sich auf ihre Lippen. Ryan, der Frühaufsteher. Selbst am Neujahrsmorgen hielt es ihn nicht lange im Bett. Laurie lauschte. In der Wohnung blieb alles still. Gedämpfte Straßengeräusche drangen von unten herauf. Sirenengeheul flammte auf, erlosch nach einiger Zeit wieder. Laurie kuschelte sich tiefer in die warme Decke. Es reichte auch aufzustehen, sobald der erste Kaffeeduft durch die Wohnung ziehen würde. Frühstück machen gehörte glücklicherweise zu Ryans Aufgaben. Bestimmt war er jetzt wie üblich laufen im Washington Square Park und würde anschließend beim Bäcker anhalten. Frische Croissants, Bagels, Orangensaft ...

Laurie hatte den Geschmack eines opulenten Frühstücks bereits auf der Zunge. Aber vorher wollte sie noch ein paar Minuten schlafen. Danach würde vielleicht auch das Brummen in ihrem Kopf verstummt sein. Sie hätte so vernünftig wie ihr Mann sein und nach dem ersten Glas aufhören sollen ... egal, die guten Vorsätze fingen schließlich heute erst an. Sanft glitt sie zurück in eine Traumwelt.

***

Sie war tiefer eingeschlafen, als sie es für möglich gehalten hatte. Wilde Traumszenen wechselten sich rasant ab. War sie eben noch mit tausend anderen auf dem Times Square unterwegs, mit Ryan dem neuen Jahr entgegenfiebernd, fand sie sich im nächsten Moment alleine in einer dunklen Seitenstraße wieder. Ohne Ryan, in ihrer Hand nur ein leeres Champagnerglas. Ein ungutes Gefühl ergriff Besitz von ihr. Wo war sie? Schon wechselte die Umgebung wieder. Eine urige Hütte, perfekt für einen romantischen Winterurlaub, wie sie ihn für das kommende Jahr in den Whiteface Mountains geplant hatten. Kerzenlicht spendete mattes Licht und ein Kamin sorgte für heimelige Wärme. Laurie lag in Ryans Armen auf dem Sofa und blickte in die züngelnden Flammen. Bis die Türklingel die friedliche Stille durchbrach.

„Nicht aufmachen. Wir sind einfach nicht da!" Laurie lachte und drückte sich enger an ihren Mann.

Ryan nickte zustimmend und strich langsam mit seinen Lippen ihren Hals hinab. Die Schauer, die über ihren Rücken liefen, bestärkten Laurie darin, wen auch immer vor der Tür stehen zu lassen. Aber der Ankömmling blieb hartnäckig. Es klingelte erneut. Schließlich wurde anhaltend geklopft. Mit einem Ruck wachte Laurie auf. Mühsam setzte sie sich auf.

„Wieder den Schlüssel vergessen", murmelte sie, während sie seufzend die Beine aus dem Bett schob. Das Brummen in ihrem Kopf war nicht leiser, sondern lauter geworden. Ihr fielen die drei Gläser Rotwein ein, die ihr Abendessen im Jim's, ihrem Lieblings-Italiener in der MacDougal Street, abgerundet hatten. Heute würde es ausschließlich Wasser und Saft geben, so viel war klar.

Die Kälte des Parketts, auf das ihre nackten Füße traten, ließ sie erschauern. Sie war froh, im Flur über Teppich laufen zu können. Mit Schwung riss sie die Wohnungstür auf. Das Lächeln gefror auf ihren Lippen. Zwei uniformierte Polizisten blickten ihr entgegen.

„Ja?" Auf Fremde war sie nicht eingestellt. Mit ihren zerzausten langen Haaren, bekleidet mit nichts als Ryans kariertem Hemd, das nicht einmal die Hälfte ihrer nackten Beine bedeckte, war sie sicher gewesen, ihrem Mann gegenüber zu stehen.

„Mrs. Parker?" Der Ältere der beiden, der bestimmt dreißig Kilo mehr wog, als seinem Arzt recht sein konnte, sah sie ernst an.

Laurie nickte und strich sich die Haare aus dem Gesicht.

„New York City Police Department. Ich bin Officer Blake, mein Kollege Officer Johnson. Dürfen wir hereinkommen?"

Verwirrt trat sie zurück und machte eine einladende Geste. Waren sie heute Nacht zu laut gewesen?

Blödsinn, dann wären die Ordnungshüter Stunden früher gekommen ... Laurie runzelte die Stirn und ging ins Wohnzimmer vor.

„Nehmen Sie ruhig schon Platz. Ich ziehe mir nur schnell etwas über." Laurie deutete auf die Sofaecke. Als sie kurz darauf in Ryans dunkelblauen Bademantel gehüllt wieder erschien, übernahm der Jüngere die Führung. Mit seinen fein gezeichneten Gesichtszügen, der schmächtigen Figur und den rötlichen Locken hätte man ihm viele Berufe zugetraut, ganz sicher aber nicht den des Polizisten.

„Mrs. Parker, bitte setzen Sie sich." Officer Johnsons Stimme war sanft und überraschend tief. Er deutete auf das Sofa.

Laurie sah ihn an, wollte etwas sagen, doch ihre Lippen schienen die Fähigkeit verloren zu haben, Worte zu formen. Stumm gehorchte sie. In ihrem Kopf herrschte eine eigenartige Leere. Wie ein Kind sank sie in die weichen Polster und starrte auf den Weihnachtsbaum in der Ecke neben den Fenstern. Ein Traum in Silber, Türkis und Blau. Ryan und sie waren sich bei den Farben sofort einig gewesen.

Die Polizisten setzten sich ebenfalls. Officer Blake direkt neben Laurie und Officer Johnson ließ sich auf dem Sessel gegenüber nieder.

„Es tut uns sehr leid, Mrs. Parker." Officer Johnson räusperte sich, bevor er weitersprach. „Wir müssen Ihnen leider mitteilen, dass Ihr Mann soeben einen tödlichen Verkehrsunfall erlitten hat." Er warf seinem Kollegen einen Blick zu.

„Das ist nicht möglich. Mein Mann ist gerade zum Bäcker gegangen. Er wird jeden Moment zurück sein."

Was für ein schlechter Scherz am Neujahrsmorgen. Laurie begann zu frösteln. Wo blieb denn nur Ryan? Es wurde wirklich Zeit für einen heißen Kaffee.

„Mrs. Parker?" Officer Blake berührte vorsichtig Lauries Arm. Verwundert blickte sie auf seine fleischigen Finger, die sich rot von dem dunkelblauen Stoff abhoben.

„Ihr Mann ist tot, Mrs. Parker. Haben Sie das verstanden?"

Was für ein seltsamer Jahresanfang. Da standen zwei komische Käuze in ihrer Wohnung und behaupteten, Ryan sei tot. Aus Lauries Kehle entstieg ein Lachen. Kein fröhliches Lachen. Eher eins, das sich hervorstiehlt in einer Situation, die weniger lustig als grotesk ist. Ryan tot! Was für eine absurde Vorstellung! Wieder ein Lachen, noch etwas lauter als das erste. Sie wippte mit den Zehen. Die rote Farbe auf den Nägeln mutete mit einem Mal seltsam an. Ihr Mund war trocken, sie schluckte mühsam.

„Mrs. Parker, können wir jemanden anrufen, der zu Ihnen kommt?" Blakes Blick ruhte ernst und besorgt auf ihr. Sie spürte es, wollte ihn nicht ansehen. Auf keinen Fall wollte sie ihn ansehen. So lange sie die Wahrheit in seinen Augen nicht las, gab es sie nicht. Das Frösteln wurde stärker. Sie zitterte. Ihr Körper fühlte sich wie schockgefroren an.

„Mrs. Parker?" Der Polizist verstärkte sanft den Druck auf ihrem Arm.

Sie presste die Lippen zusammen und hob zögernd den Kopf. Als sich ihr Blick mit dem von Officer Blake traf, brach ihre Welt zusammen. Nicht mit lautem

Getöse, sondern still und gnadenlos. Ein erstickter Laut verließ ihren Mund.

Auf dem Tisch standen noch die Champagnerflasche und die leeren Gläser von letzter Nacht. Eines davon verschmiert mit dem Lippenstift im Ton dunkle Rose, eine satte bräunliche Farbe. Eins der Weihnachtsgeschenke von Mom. Passt hervorragend zu deinen dunklen Haaren, Liebes! Mom.

„Meine Mutter ... anrufen ...", flüsterte Laurie. Die Uhr über der Anrichte zeigte 10 Uhr 30 an. Ryan war tot.

2. Laurie

„Liebling, soll ich dir einen Tee machen?" Rose Cunningham war leichenblass und rieb unablässig ihre Perlenkette, die sie um den Hals trug.

„Ja, Mom, gerne." Laurie kauerte immer noch auf dem Sofa. Die Polizisten waren nach einem kurzen Gespräch mit Rose gegangen und diese hatte Laurie inzwischen in eine Wolldecke gehüllt. Gegen die Eiseskälte in ihrem Innern, die sie unkontrolliert zittern ließ, half sie nicht. Tee würde ebenso wenig helfen, aber wenigstens würde sie einen Moment nicht dem Anblick ihrer stetig umherwandernden Mutter ausgesetzt sein. Als Laurie alleine war, versuchte sie, das Chaos in ihrem Kopf zu entwirren. Es gelang ihr nicht. Die Gedanken schossen unkontrolliert umher, fassen konnte sie keinen davon. Viel zu schnell erschien Rose wieder im Türrahmen, in den Händen zwei dampfende Becher.

„Hier, Liebes." Sie stellte die Tassen auf dem Tisch ab, setzte sich neben Laurie und nahm deren Hände in ihre. „Schatz, eins musst du wissen: Du bist nie alleine, ich werde immer für dich da sein!"

Laurie schluckte, versuchte zu nicken, aber es war nur eine Andeutung. Die Worte kamen ihr seltsam bekannt vor, aber in ihrem Kopf war alles so durcheinander, dass sie sich nicht mehr an die entsprechende Situation erinnern konnte.

„Ach, Liebes." Rose streichelte sanft über Lauries Hand. In ihren blauen Augen standen Tränen.

„Vielleicht ist es ja doch ein Irrtum." Lauries Stimme klang wie ein Hauch. „Und es war gar nicht Ryan, der diesen Unfall hatte ..."

„Aber er hatte seinen Ausweis dabei ..."

„Typisch Ryan, nimmt seinen Ausweis sogar zum Brötchenkaufen mit." Sie legte beide Hände um den heißen Teebecher und starrte durch das Fenster nach draußen.

Eine Träne löste sich aus Roses Auge.

„Vielleicht hat er sein Portemonnaie verloren. Oder er wurde bestohlen." Die leise Hoffnung legte sich wie Balsam auf den scharfen Schmerz, der Lauries Inneres zerschnitt.

„Liebling, Ryan ist tot." Die Endgültigkeit, die in den Worten ihrer Mutter lag, fegte den Balsam mit einer Stahlbürste weg. Und plötzlich wusste Laurie wieder, wo sie die Worte schon einmal gehört hatte. Du bist nie alleine, ich werde immer für dich da sein!

Es waren ihre eigenen gewesen. Damals. Als Dad fortgegangen war und sie versucht hatte, Mom zu trösten. Es war ihr ebenso wenig gelungen wie ihrer Mutter heute.

3. Ryan

Verwirrt sah Ryan sich um. Er blickte über einen menschenleeren Strand. Das Meer vor ihm lockte mit intensivem Türkis und einer spiegelglatten Oberfläche. Unter anderen Umständen wäre er sofort hineingesprungen. Aber er war nicht im Urlaub, da war er sicher. Und so galt sein Verlangen weniger einer Schwimmeinlage als vielmehr einer Erklärung für das, was mit ihm passiert war. Denn irgendetwas war mit ihm passiert. Sein Gedächtnis hatte ihn noch nie so im Stich gelassen. War er ausnahmsweise komplett betrunken gewesen? Filmriss? Er schüttelte den Kopf. Möglich war es, aber er glaubte nicht daran. Dann sah er nachdenklich an sich herunter. Er trug seine Laufkleidung: Schwarzweißes langärmliges T-Shirt, seine winddichte und atmungsaktive Jacke, eine schwarze Jogginghose und Turnschuhe. Falls er einen Kater gehabt hätte, wäre er sicher nicht laufen gegangen. Wieder schüttelte er den Kopf. Verdammt, was war geschehen? Und dann kam die Antwort. Die herrliche Silvesternacht mit Laurie. Der nächste Morgen, Laurie schlief noch, vermutlich leicht verkatert. Er wollte erst seine Morgenrunde drehen und anschließend Brötchen kaufen gehen. Für ein stundenlanges Frühstück mit Laurie im Bett. Einen Moment lang fühlte er wieder die Vorfreude darauf. Doch soweit war es nicht gekommen. Er hörte Bremsen in einem grässlichen Ton quietschen, sah einen weißen SUV wie ein Mammut vor sich aufragen. Beinahe im selben Moment hatte ihn das Mammut mit einem heftigen Schlag zu Boden geworfen. Er erinnerte sich an einen brennenden Schmerz, der aber so kurz aufflammte, dass er nicht der Rede wert war. Und dann? Nichts ... Danach hatte er keine Erinnerung mehr. Zwischen dem Auftauchen des Mammuts und seiner Ankunft am Traumstrand klaffte eine Lücke. Ryan rieb sich über die Augen. Einem Impuls folgend tastete er seinen Brustkorb ab. Kein Schmerz. Entweder war der Aufprall des SUVs doch nicht so heftig gewesen oder ... ganz langsam tauchte ein Gedanke auf. So ungeheuerlich und bizarr, dass er erneut den Kopf schüttelte. Nein, konnte es sein, dass er ... tot war? Ausgeschlossen! Laurie wartete auf ihr Frühstück. Er musste dringend zum Bäcker. Sein Blick irrte von links nach rechts. Verdammt, wo war er? Eine paradiesische Kulisse, trotzdem fühlte er sich eher wie ein Gefangener der Hölle. Abgeschnitten von allem, was sein Leben ausmachte. Er wollte zurück nach Hause. Sofort! Zurück nach Greenwich Village, zu dem Platz, an den er gehörte. Dorthin, wo Laurie auf ihn wartete ...

Er seufzte frustriert.

Einen Augenblick später lüftete sein Gedächtnis den letzten Teil seiner jüngsten Vergangenheit.

Nur einen Sekundenbruchteil, nachdem das Mammut ihn zu Boden gestreckt hatte, hatte er die Szene aus einer anderen Perspektive wahrgenommen. Erstaunt hatte er seinen verrenkten Körper auf der 8th. Street liegen sehen. Die weizenblonden Haare waren vom Blut dunkel gefärbt und seine weiße Jacke eindeutig für alle Zeit ruiniert gewesen. Vom Eingang des Bäckers hatten ihn nur wenige Meter getrennt.

Rasch hatte sich eine aufgeregte Menschentraube um seinen lädierten Körper gebildet. Eine Frau hatte geschrien. Er wollte die Passanten beruhigen, ihnen sagen, dass es alles nicht so schlimm sei, wie es aussähe und dass es ihm gut gehe. Aber er hatte schnell gemerkt, dass sie ihn weder hören noch sehen konnten. Mit dieser Erkenntnis hatte sich Panik in ihm ausgebreitet. Hilfe suchend hatte er sich umgesehen. Bis sein Blick auf eine junge Frau in einem weiß-goldenen Kleid mit wallenden rotgoldenen Haaren getroffen war. Sie war die Einzige gewesen, die ihn ansah. Also wirklich ihn. Verloren und unsichtbar, wie er gerade war. Ihn, nicht seinen armen geschundenen Körper, der auf dem Asphalt lag. Zögernd hatte er einen Arm gehoben und war auf sie zugegangen.

„Hallo Ryan. Du musst jetzt leider mit mir mitkommen. Alles Weitere erkläre ich dir später ..."

Er war so perplex gewesen, dass er stumm gehorcht hatte. Vielleicht hätte er sich zu diesem Zeitpunkt schon weigern müssen. Aber er hatte das Gefühl gehabt, keine Wahl zu haben. Alleine, inmitten von unzähligen Menschen, mit denen er keinen Kontakt aufnehmen konnte, schien die einzige Option zu sein, dem rothaarigen Wesen zu folgen. Inzwischen war er da nicht mehr so sicher. Er hätte sich einfach weigern müssen und stattdessen zu Laurie gehen sollen. Sie hätte ihn bestimmt wahrgenommen. Wer, wenn nicht sie …

Ryan beschattete mit einer Hand seine Augen gegen die Sonne, die von einem wolkenlosen Himmel schien, und suchte den Strand nun gezielt ab. Wo war die kleine Person abgeblieben, die ihn hergebracht hatte?

„Hi!" Sie stand direkt neben ihm. Ein sanfter Duft nach Vanille und Zimt stieg Ryan in die Nase. Verblüfft drehte er sich in ihre Richtung.

„Ich bin übrigens Ava." Saphirblaue Augen strahlten ihn an.

„Ryan." Er nickte und sah sie forschend an.

Sie lachte ein glockenhelles Lachen. „Ich weiß. Schließlich begleite ich dich schon seit deiner Geburt."

„Aha." Ratlos musterte er sie.

„Ich bin dein Schutzengel!" Sie stieß ihm eine winzige Faust in die Seite, begleitet von einem weiteren glockenhellen Lachen. Obwohl die Wucht erstaunlich stark war, spürte Ryan keinen Schmerz.

„Aha", machte er wieder.

„Erinnerst du dich an das, was passiert ist?"

Zögernd nickte er.

„Weißt du, es ist einfach dumm gelaufen, aber Irrtümer passieren nun mal." Sie rollte vielsagend mit den Saphiraugen.

„Was soll das heißen, es war ein Irrtum?" Ryan starrte sie an.

„Na ja, weißt du, niemand ist fehlerfrei. Selbst Schutzengel nicht." Die kleine Frau mit den wirren roten Haaren, die bis auf ihre Taille hinab fielen, rang nervös die Hände. „Es tut mir sehr leid, aber in letzter Zeit war es bei mir ein bisschen stressig. Da ist es nicht einfach, alles immer exakt so zu berechnen, dass alles nach Plan verläuft. Außerdem war da dieser Stand mit den Schokomuffins. Ich konnte doch nicht ahnen, dass du ausgerechnet in dem Moment über die Straße rennst, während ich beschäftigt bin …"

„Also sollte ich eigentlich noch gar nicht sterben?" Er sah sie ungläubig an. Tausend Gedanken schossen ihm durch den Kopf. Verwirrung, Angst und Wut bildeten ein Potpourri aus Gefühlen, das ihn schwindelig machte.

Ava schüttelte den Kopf und starrte schuldbewusst auf ihre Füße, die in goldenen Stiefeln mit Plateauabsätzen steckten. Dann hob sie den Kopf wieder und breitete die Arme zur Seite, ihre Handflächen zeigten nach oben. „Aber schau doch mal, das, was jetzt auf dich wartet, ist so viel besser als jedes Erdenleben es je sein könnte." Sie setzte ein Lächeln auf, das so strahlend war, dass Ryan geblendet zurückwich.

„Danke, aber ich würde lieber mein Leben behalten." Er stemmte die Hände in die Hüften. „Weißt du, Ava, ich kenne es so, dass man Fehler, die man gemacht hat, wieder in Ordnung bringt."

„Na ja, das würde ich ja gerne, aber das ist leider vollkommen unmöglich." Das Strahlen erlosch und ihre Unterlippe begann zu zittern.

Fast schon tat sie Ryan leid. Jetzt glitzerten auch noch Tränen in ihren Augen. Weinende Frauen hatten ihn schon immer überfordert. Arme Ava. Aber dann dachte er an Laurie. Sie würde auch weinen, wenn sie erfuhr, dass er nie mehr nach Hause käme. Laurie … Sein Hals schnürte sich zu, jedes Mitgefühl für Ava verflog. Er ballte die Hände zu Fäusten und fühlte sich hilflos wie noch nie. „Ich bin also gestorben, weil du deinen Job nicht richtig gemacht hast“, stellte er tonlos fest.

„Na ja …“ Sie kaute an ihrer Unterlippe und sah an ihm vorbei. Einen Moment blieb es still, bevor sie weitersprach. „Weißt du, es war nicht mal eine Minute, um die ich mich verschätzt hatte. Und wenn du Laurie noch einen Kuss gegeben hättest, wäre das alles nicht passiert.“

„Ach, jetzt bin ich auch noch Schuld an deinem Fehler? Na großartig!“ Am liebsten hätte Ryan sie geschüttelt. Aber sein einziger Wunsch würde sich dadurch auch nicht erfüllen. Wenn er seinem unfähigen Schutzengel glauben konnte, war es ausgeschlossen, dass er zurückkehren konnte in sein Leben mit Laurie. Er konnte nicht mehr nach Hause! Sein Atem wurde flach. Er konnte nicht mehr nach Hause … Der Gedanke war genauso absurd wie schrecklich. Er war 29 Jahre alt, seit drei Jahren glücklich verheiratet und nun … tot!

„Nein, natürlich nicht.“ Avas Stimme war eine Mischung aus kleinlaut und trotzig. „Aber weißt du, man muss auch verzeihen können. Na ja, hier hast du jede Menge Zeit, es zu lernen, bevor ich dich ganz oben abliefere.“

„Was heißt ganz oben abliefern? Wo sind wir denn jetzt?“, fragte er misstrauisch.

„Hier bist du im Vorhimmel. Da stranden alle erstmal, deren Reise … nun, sagen wir mal, nicht ganz reibungslos verlaufen ist.“

„Präzisiere nicht ganz reibungslos.“ Zwischen Ryans Augenbrauen hatte sich eine steile Falte gebildet. Er musterte das engelhafte Wesen neben sich. Ihre porzellanweiße Haut schimmerte seidig. Wenn sie nicht für den ganzen Schlamassel verantwortlich wäre, könnte er zugeben, dass er noch nie eine schönere Frau gesehen hatte. Laurie einmal ausgenommen.

„Also jedenfalls bist du noch hier, weil du von hier noch gewisse Dinge tun könntest, die oben nicht mehr gehen."

„Die da wären?"

„Nun ja, unter Umständen könntest du Lauries Leben beeinflussen, sie vielleicht sogar noch einmal besuchen. Allerdings bin ich mir nicht sicher, ob das eine gute Idee ist." Ava kaute wieder an ihrer Unterlippe.

„Und ob das eine gute Idee ist! Lass uns sofort los! Worauf wartest du?"

„Oh, nur keine übereilten Handlungen. Wir denken beide noch einmal darüber nach und dann entscheiden wir in aller Ruhe." Ihre Stimme war sanft wie die Meeresbrise, die um sein Gesicht strich.

„Und wenn ich nicht nachdenken will?" Das Verlangen, sie zu schütteln wallte wieder in ihm auf, diesmal heftiger.

„Dann ändert das auch nichts. Ich denke jedenfalls nach. Da vorne ist übrigens deine Hütte." Sie deutete nach links. Tatsächlich, da wo eben nichts als weißer Sandstrand zu erkennen gewesen war, stand nun in der Ferne eine kleine Holzhütte. Bevor er etwas sagen konnte, sprach sie schon weiter. „Nur provisorisch erstmal, ich hatte ja nicht viel Zeit, sie einzurichten, aber fürs Erste dürfte es reichen. Im Schrank findest du die gleichen Klamotten, die du auch auf der Erde besessen hast. Bis morgen. Schlaf gut!"

„Aber ...“ Weiter kam er nicht, da stand er schon alleine in der traumhaften Urlaubskulisse, die einfach nicht mit seinen Gefühlen zusammen passen mochte.

4. Laurie

Die Sonne war schon den ganzen Tag hinter einer dicken Wolkendecke verborgen gewesen, aber es war trocken geblieben. Ein eisiger Wind begleitete die Trauergemeinde an diesem Dienstagmittag durch die Wege des Woodlawn Cemetery Friedhof. Laurie schritt zwischen ihrer Mutter und Jessy, die sie untergehakt hatten und nicht willens schienen, sie je wieder loszulassen. Zehn Tage waren vergangen, seitdem es ihr vertrautes Leben nicht mehr gab und sie jeden Halt verloren hatte. Zehn Tage und zehn Nächte, gefangen in einem Xanax-Albtraum. Nur, dass sie gar kein Xanax nahm. Aber irgendetwas schob sich regelmäßig zwischen sie und das namenlose Entsetzen, das einen Namen hatte: Ryan ist tot! Sie lebte in einem zähen Nebel, und in dem Nebel gab es keinen Boden mehr. Jeder Schritt führte in einen Abgrund.

Laurie spürte den besorgten Seitenblick ihrer Mutter. Sie hatte nicht die Kraft, darauf zu reagieren. Als der Reverend die Trauerrede begann, sah sie in den Himmel. Erste zarte Schneeflocken lösten sich daraus. Sie spürte sie wie winzige eisige Küsse auf ihrem Gesicht. Laurie schloss die Augen und stellte sich vor, es wären Ryans Lippen, die sie frostig nach seinem üblichen Lauftraining im Park liebkosten. Gleich würde er sie fragen, ob sie zusammen in die heiße Wanne steigen wollten. Ein Lächeln ließ ihre versteinerten Gesichtszüge weicher werden. Die Worte des Reverend waberten zu einer undefinierbaren Masse zusammen, einem schlecht eingestellten Radiosender gleich.

Sie schreckte zusammen, als ihre Mutter ihren Arm drückte und nach vorne deutete. Nach vorne zu diesem dunklen Loch in der Erde, in dem der Sarg verschwunden war. Es konnte unmöglich Ryans Körper sein, der darin lag.

Laurie straffte sich und ließ die rote Rose, die ihre linke Hand umkrampfte, in die Tiefe gleiten. Ihr Herz schlug so schnell, dass es wehtat. Aus trockenen Augen starrte sie der Blume hinterher.

Dann schüttelte sie stumm Dutzende von Händen, ließ Umarmungen von Menschen über sich ergehen, die genauso verzweifelt waren wie sie selbst. Jennifer und Mabel, Ryans beide jüngere Schwestern, zogen sie tränenüberströmt an sich. Laurie hatte jedes Zeitgefühl verloren, als sie schließlich den Rückweg zum Auto antraten. Das geplante Abschiedsessen im Jim's, Ryans Lieblingslokal, musste sie auch noch überstehen. Sie hatte keine Ahnung, wie sie das schaffen sollte.

„Geht es, Liebes?" Roses Augen waren dunkel vor Trauer und Besorgnis.

Laurie nickte stumm und glitt in den Fond des Austins ihrer Schwiegereltern. New York verschwand immer mehr unter einer zuckrigen Schneedecke. Ryan liebte Schnee, genau wie sie. Für einen Moment stahl sich ein Lächeln auf ihr Gesicht.

5. Ryan

„Mist!" Frustriert gab Ryan seine Suche nach einem Stein inmitten des makellosen weißen Sandes auf. Zu gerne hätte er das türkisfarbene Wasser in Wallung versetzt. Er war gerade aus einem tiefen traumlosen Schlaf erwacht und schon jetzt ging ihm die Stille und Unwirklichkeit seiner Umgebung auf die Nerven. Nachdem er gestern noch eine Ewigkeit am Strand entlang gewandert war, während er vergeblich darauf gewartet hatte, dass Ava sich wieder zeigte, waren ihm die unterschiedlichsten Gedanken durch den Kopf gegangen. Überwiegend beherrscht von seiner Sorge um Laurie, war sein Denken auch um unerledigte Dinge gekreist. Der halb fertige Schrank für die Meiers, die sich schon auf das vollendete Werk freuten, die Steuererklärung, die längst überfällig war. Der Termin in der Werkstatt für die Reparatur des altersschwachen Vans, die er bereits viel zu lange aufgeschoben hatte. Das rhythmische Klackern konnte nichts Gutes bedeuten und war in der letzten Zeit immer lauter geworden. Ryan seufzte. Sollte er sich um all das wirklich nicht mehr kümmern können? Okay, was die Aufgaben anging, wäre es schwer genug zu akzeptieren. Aber Laurie nie mehr wieder sehen? Nie wieder ihre wundervollen Lippen küssen, nie mehr mit ihr lachen, durch ihre langen schwarzen Haare fahren? Unvorstellbar! Seit dem

Tag vor vier Jahren, als sie ihm im wahrsten Sinne vor die Füße gefallen war, hatte sein Leben eine andere Bedeutung bekommen. Ursache dieser glücklichen Fügung waren Lauries Highheels gewesen, die nicht gut mit den nassen Blättern auf dem Weg des Parks harmonierten. Laurie war ins Schlittern geraten und Ryan konnte sie gerade noch auffangen. Als Dank lud sie ihn zum Abendessen ein. Es hatte kaum bis zum Dessert gedauert, bis sie wussten, dass sie zusammengehörten. Ein Jahr später standen sie vor dem Traualtar. Sie waren jung und hegten keine Zweifel, die goldene Hochzeit gemeinsam zu erleben. Und nun? Alles mit einem Schlag vorbei, nur weil sein Schutzengel der schusseligste war, den der Himmel zu bieten hatte? Ryan konnte es immer noch nicht glauben. In einem Moment war sein Leben nicht nur in Ordnung, sondern ein wahr gewordener Traum gewesen. Er war inzwischen so daran gewöhnt, dieses Leben mit Laurie zu führen, das sich in allen Facetten richtig anfühlte. Und dann, im nächsten Moment, peng ... alles aus. Wieder hörte er die kreischenden Bremsen, die das Unheil nicht mehr abwenden konnten. Spürte den Schlag, als der SUV gegen ihn prallte.

„Guten Morgen, lieber Ryan", flötete es direkt hinter ihm.

Er wirbelte herum. „Hast du mich erschreckt!"

„Oh, wie ungeschickt von mir. Ich gelobe Besserung." Ava kicherte und gab ihm einen Schubs.

„Wer's glaubt ...", murmelte er und sah sie prüfend an. Sie trug das gleiche weiße Kleid mit den goldenen Fäden wie am Tag zuvor, ihre Saphiraugen strahlten gewohnt turbo, nur ihre rote Mähne fiel heute nicht ganz ungebändigt über ihren Rücken, sondern wurden von einem goldenen Haarreifen aus ihrem Gesicht gehalten.

„Wo warst du überhaupt?", fragte er misstrauisch.

„Es geht dich zwar nichts an, aber ich sag es dir trotzdem, lieber Ryan. Ich war in meinem persönlichen Wohlfühlhimmel. Man muss sich ja auch mal von der Arbeit erholen." Sie lächelte lieblich und zupfte etwas von seinem T-Shirt. „Ein Krümel. Vielleicht vom Frühstück übrig geblieben."

„Ich hatte kein Frühstück mehr, du erinnerst dich? Das T-Shirt kam direkt aus dem Schrank."

„Oh ... ja. Schwamm drüber. Na, um genau zu sein, ist die Kleidung, die du trägst, sowieso nicht dieselbe, in der du gestorben bist." Ryan schüttelte irritiert den Kopf und winkte ab. So genau wollte er das alles gar nicht wissen, und es war auch nicht wichtig. Da gab es anderes ...

„Hast du nun nachgedacht?" Er sah ihr prüfend ins herzförmige Gesicht.

Unentschlossen wiegte sie ihren Kopf langsam hin und her.

„Zunächst einmal musste ich mich erholen, ich erwähnte es bereits. Und danach habe ich dann nachgedacht. Allerdings bin ich bislang zu keinem Ergebnis gekommen." Sie hob die Schultern und warf ihm einen Blick zu, der so unschuldig und aufrichtig war, dass er ihr beinahe nicht böse sein konnte. Da es aber um Laurie ging, schaffte er es trotzdem. Sein Blick verfinsterte sich und er konnte sich gerade noch bremsen, bevor er ihre Oberarme packte. So hatte er Frauen auf der Erde nicht behandelt, und er hielt es für keine gute Idee, damit im Himmel anzufangen. „Und, was meinst du, wann es soweit sein wird?" Er verschränkte seine Hände ineinander, damit der Weg zu Avas Oberarmen erschwert wäre. Nur für den Fall der Fälle.

„Geduld ist aber immer noch nicht deine Stärke, lieber Ryan Parker." Ihre Stimme war tadelnd. Sie stellte sich barfuß, wie sie heute war, auf die Zehenspitzen und fuchtelte mit dem Zeigefinger vor seinem Gesicht herum. Zumindest versuchte sie es. Ryan musste grinsen. Ihr Finger reichte nicht einmal bis zu seinem Hals hinauf.

„Was du nicht alles weißt."

„Ich weiß alles über dich! Schließlich war ich seit deinem ersten Atemzug bei dir. Ich habe dich durch deine Kindheit begleitet, habe alle Augen zugedrückt, als ihr Sekundenkleber auf dem Stuhl von Mr. Williams verteilt habt, bin nicht eingeschritten, als du Kaugummis im Laden geklaut hast, und ich habe noch nicht mal was gesagt, als du deinen ersten Joint geraucht hast." Wieder schoss ihr kleiner Zeigefinger in Richtung seines Gesichts.

„Mr. Williams war wirklich ein gemeiner Lehrer! Und die Kaugummis waren ja nur ein dummer-Jungen-Streich. Okay, der Joint hätte nicht sein müssen, aber immerhin ist es bei dem einen geblieben", schloss er kleinlaut.

„Stimmt, Mr. Williams hatte es verdient. Der dumme-Jungen-Streich hingegen war wohl eher eine Mutprobe, wie sie alle kleinen Bengels früher oder später bestehen müssen. Was den Joint angeht, fand ich es übrigens sehr schade, dass es bei einem geblieben ist. Der

Duft war unbeschreiblich schön!" Ihre Saphiraugen blitzten sehnsüchtig.

Er sah sie zweifelnd an. War das ihr Ernst?

„Weißt du, ich habe Marihuana geliebt! Leider habe ich es dann übertrieben und bin zu anderen Sachen übergegangen. Deshalb bin ich ebenfalls vor meiner Zeit nach oben gereist."

„Du warst ein Junkie?" Fassungslos starrte er sie an. Langsam wunderte ihn gar nichts mehr.

„Aus deinem Mund klingt es so hässlich." Sie verzog schmollend die Lippen.

„Es ist hässlich", sagte er bestimmt. „Und dann gab es keine andere Lösung, als ausgerechnet dich zu meinem Schutzengel zu machen?"

„Entschuldige mal bitte, bis zu dem einen Fehler habe ich meine Arbeit immer zur allgemeinen Zufriedenheit erledigt." Sie wirkte gekränkt, als sie einen Schritt zurück trat. „Als du damals mit diesem schweren Virusinfekt im Krankenhaus gelegen hast, was glaubst du wohl, wer die Gebete deiner Mutter erhört und dem Arzt das richtige Medikament eingeflüstert hat? Hm? Die kleine Ava war es, die das neue Medikament aus dem Schrank direkt vor die Füße deines Arztes hat fallen lassen. Jawohl! Ohne mich wärst du schon mit acht Jahren nach oben gereist."

Verblüfft öffnete er den Mund, schloss ihn aber wieder, ohne etwas zu sagen. Eine richtige Erinnerung hatte er zwar nicht mehr an die Zeit, aber seine Mutter hatte ihm davon erzählt, wie sehr sie um sein Leben gebangt hatten, als alle Medizin nicht anschlagen wollte und er immer schwächer geworden war. Tage und Nächte hatte sie an seinem Krankenhausbett gewacht.

Schließlich war er nicht mehr ansprechbar gewesen, und es gab kaum noch Hoffnung, als der Doktor ins Zimmer gestürmt war und atemlos verkündet hatte, dass es noch eine einzige Möglichkeit gäbe. Allerdings hätten sie noch nicht viel Erfahrung mit dem neuen Medikament. Ryans Mutter betonte stets, dass sie sofort sicher gewesen war, dass diese Tabletten die entscheidende Wendung veranlassen würden. Und so war es auch gewesen. Am nächsten Morgen war das Fieber verschwunden gewesen und seine Heilung hatte begonnen.

„Tja, dann muss ich dir dafür wohl danken", brummte er.

„Ach, nichts zu danken. Ist ja mein Job", rief sie fröhlich. Bevor er darauf reagieren konnte, redete sie weiter. „Komm, lass uns eine Runde laufen gehen!" Sie sprintete los.

Ryan sah ihr einen Moment sprachlos hinterher. Dann beeilte er sich, sie einzuholen.

6. Laurie

Laurie blickte durch das regennasse Fenster im Jim's in die einsetzende Dunkelheit hinaus. Sie saß in derselben Nische am Tisch, in der sie so viele Abende mit Ryan verbracht hatte. Nun saß ihr Jessy gegenüber.

Mit kunstvoll hochgesteckten blonden Haaren und in ihrem mintgrünen engen Kleid strahlte ihre beste Freundin dieselbe Lebensfreude aus wie immer. Neidlos hatte Laurie bereits beim Reinkommen registriert, dass Jessy wie gewohnt alle Blicke auf sich zog.

„Bist du sicher, dass es richtig war, hierher zu gehen?" Jessy sah Laurie zweifelnd an.

Laurie zuckte die Schultern. „Ich denke schon. Wenn ich schon unter Leute muss, dann lieber hier, wo es vertraut ist." Ihr Blick schweifte kurz durch das kleine Restaurant, in dem erst wenige Tische besetzt waren. Sie hatte sich bewusst dafür entschieden, so früh zu gehen. Bis das richtige Abendgeschäft losgehen würde, wären sie längst auf dem Heimweg. Und sie hatte sich bewusst für diesen Treffpunkt entschieden. Zum einen war es nicht weit von ihrer Wohnung entfernt und zum anderen fühlte sie sich Ryan hier fast so nahe wie zuhause.

„Chardonnay?" Jessy stützte ihre Ellbogen auf dem Tisch auf und lächelte zaghaft.

Laurie nickte, lächelte ansatzweise zurück, bevor ihr Blick sich wieder Richtung Fenster davonstahl. Noch immer blinkten draußen vereinzelte Weihnachts-beleuchtungen. „Wir haben Februar und immer noch Lichterglanz draußen. Absurd." Sie schüttelte den Kopf und strich sich die Haare aus der Stirn.

Bevor Jessy etwas erwidern konnte, erschien der Kellner an ihrem Tisch und wollte die Getränkebestellung aufnehmen. Jessy kümmerte sich darum. „Wie geht es dir, Schatz?", fragte sie sanft, nachdem sie wieder alleine waren.

Laurie zuckte erneut die Schultern. „Es ist komisch. Ich bin immer noch davon überzeugt, dass jeden Moment die Tür aufgeht und Ryan zurückkommt." Sie senkte den Blick und starrte auf die rotweiß-karierte Tischdecke.

„Irgendwann wird es besser", sagte Jessy leise und legte ihre Hand auf Lauries.

„Vielleicht." Laurie nickte. Ihre Freundin meinte es gut, aber sie hatte keine Ahnung. Es würde nicht besser werden. Egal, wie viel Zeit vergehen würde.

„Auf jeden Fall finde ich es schön, dass wir mal wieder unseren Mädelsabend machen." Jessy brach ab, als der Kellner den Wein servierte.

„Haben die Damen schon gewählt?"

In die Speisekarte hatten beide noch keinen Blick geworfen.

„Spaghetti mit Scampis?" Jessy sah fragend zu Laurie rüber.

Laurie signalisierte ihre Zustimmung.

„Dann zweimal bitte die 34." Jessy reichte dem Kellner die Speisekarten.

Der Kellner, der neu sein musste – Laurie hatte ihn noch nie gesehen – schenkte den Wein ein und entfernte sich unauffällig wieder.

„Irgendwann wird es besser, das verspreche ich dir." Jessy griff zu ihrem Weinglas und hielt es hoch. „Darauf trinken wir!"

Zögernd nahm Laurie ebenfalls ihr Glas. Was sollte besser werden? Ein Leben ohne Ryan? Niemals! Aber das konnte sie nicht aussprechen, deshalb stieß sie nun mit ihrer Freundin an. Jessy glaubte immer daran, dass alles gut ausgehen würde. Sie konnte gar nicht anders. Bei ihr war es auch so. Seit ihrer gemeinsamen Schulzeit bewunderte Laurie, wie selbstverständlich ihre Freundin sich das vom Leben nahm, was sie wollte. Sie tat es nie rücksichtslos, hatte immer einen Blick auf die Menschen um sich herum, aber ihre Träume verwandelte sie mühelos in Wirklichkeit. Nach ihrem Abschluss hatte Jessy sofort mit ihrem Modedesign-Studium begonnen und anschließend ihren kleinen Laden in Soho eröffnet. Zu diesem Zeitpunkt hatte Laurie ihren Kindheitstraum, Tierärztin zu werden, längst begraben. Als sie ihrer Freundin damals verkündet hatte, dass sie in der *See bigger* Werbeagentur als Telefonistin anfangen würde, hatte Jessy entsetzt nach Luft geschnappt und den Kopf geschüttelt. „Du vergeudest dein Talent!" In den folgenden Jahren hatte sie immer wieder versucht, Laurie an ihren Traum zu erinnern. Laurie hatte stets abgewunken. Nicht jeder war dazu geboren, seine Visionen in die Tat umzusetzen. Erst als Ryan aufgetaucht war, hatte Jessy aufgegeben. Das Glück mit ihm überstrahlte alle dunklen Ecken in Lauries Leben.

„Willst du bald wieder zurück in die Agentur?", fragte Jessy leise und ließ Laurie dabei nicht aus den Augen.

„Muss ich ja. Irgendwann." Laurie trank einen weiteren Schluck Wein, der im Jim's zum ersten Mal viel zu sauer schmeckte. Sie wusste, dass es an ihr und nicht an dem Wein lag.

„Ein bisschen Ablenkung würde dir vielleicht ganz gut tun."

Laurie unterdrückte ein Seufzen. „Vielleicht." Ihre Hand strich unruhig über die Tischdecke, spielte mit dem Weinglas. Der Ehering glänzte im Kerzenlicht. Laurie presste die Lippen aufeinander.

„Willst du nicht demnächst mal im Laden vorbeischauen? Ich gebe eine Runde Frühjahrskollektion aus!" Jessy sah sie erwartungsvoll an.

Das Angebot war großzügig und es kam regelmäßig. Früher war diese besondere Art des Shoppens ein echtes Highlight für Laurie gewesen. Bei Prosecco durch Jessys Angebot stöbern, hatte seinen ganz besonderen Reiz gehabt. Bezahlen durfte Laurie nie. Anfangs war es ihr unangenehm gewesen, aber irgendwann hatte sie sich gefügt. Inzwischen verdiente Jessy so gut, dass es für sie tatsächlich nicht der Rede wert war und in etwa dem entsprach, wenn Laurie sie ab und zu zum Essen einlud. Außerdem kannte Jessys Freude keine Grenzen, wenn sie Laurie wieder in ein atemberaubendes Kleid gesteckt hatte, das ihr umwerfend stand. Jessy wusste immer ganz genau, welche Modelle dafür infrage kamen.

„Ich überlege es mir, okay?" Laurie lächelte schwach. „Aber gibt mir etwas Zeit."
„Na klar, kein Stress."

Als die Pasta serviert wurde, fühlte Laurie sich kurz in alte Zeiten zurückversetzt. Jessy und sie gemeinsam beim Abendessen. Dieses Ritual pflegten sie seit vielen Jahren. Seitdem Ryan fester Bestandteil in Lauries Leben geworden war, trafen sie sich hier nicht mehr ganz so häufig, aber immer noch regelmäßig. Das Jim's, ursprünglich Lauries und Jessy Stammlokal, wurde auch zu Ryans Lieblingsrestaurant. Fortan waren die Abende hier für Laurie abwechselnd lustige Mädelsabende und romantische Essen zu zweit gewesen.

Abwesend wickelte Laurie Spaghetti um ihre Gabel. Mit Jessy hier zu sitzen war nichts Außergewöhnliches. Aber wenn sie später nach Hause käme, würde die leere Wohnung sie gnadenlos in ihre neue Realität werfen. Darüber sprechen konnte sie nicht. Wie sollte sie in Worte fassen, dass sich ihr Herz anfühlte, als sei es zusammen mit Ryan unter den SUV geraten? Ein in dieser Form zerschreddertes Organ würde nie wieder imstande sein, vor Freude zu hüpfen. Aber die lebensfrohe Jessy würde das nicht verstehen können. Laurie nahm ihr das nicht übel. Ihre Freundin gab sich wirklich alle Mühe, für sie da zu sein. Es war nicht ihre Schuld, dass das nicht reichen würde.

7. Ryan

Keuchend sank Ryan auf die Knie. „Mein Gott, ich dachte, hier oben wäre meine Ausdauer grenzenlos“, japste er.

Ava ließ sich graziös neben ihm im Sand nieder, legte den Kopf schief und lächelte ihn an.

„Deine ist es, oder?“

Sie nickte. „Deine wird es auch sein, sobald du nicht mehr so verhaftet mit deinem Erdenleben bist.“

„Ach, weißt du, ich bin viele Jahre gut mit meiner Kondition zurechtgekommen, es eilt nicht.“ Er zog seine Turnschuhe und Socken aus und bohrte die Zehen in den weichen, warmen Sand.

„Ich wollte dir einen Vorschlag machen.“ Ava schirmte ihre Augen mit der Hand vor der satten orangeroten Sonne ab und sah ihn an.

„Ja?“ Sein Tonfall war interessiert, aber wachsam. Er war inzwischen auf alles vorbereitet, was seinen persönlichen Junkie-Schutzengel anging.

„Ich denke, ich werde zunächst alleine nach Laurie sehen und danach entscheiden, ob es richtig ist, dass du mit ihr Kontakt aufnimmst.“ Mit Schwung beförderte sie ihre lange rote Mähne auf die rechte Seite ihres Halses.

„Nein! Ich komme mit!“ Empört starrte er sie an.

„Kommst du nicht." Ungerührt legte sie ihre Beine im Schneidersitz übereinander und begann zu summen.

„Doch! Und nur noch mal zur Erinnerung: du bist die, die den Fehler gemacht hat. Ich will endlich zu Laurie und ihr sagen, dass es mir gut geht. Also so weit, wie es eben möglich ist ohne sie." Er brach ab, holte tief Luft.

„Stimmt, ich bin die, die den Fehler gemacht hat. Außerdem bin ich die, die bestimmt. Und was Fehler angeht, können wir sonst auch gerne über Susan sprechen ..." Sie ließ den Satz unschuldig in der Luft hängen.

Ryan schnappte nach Luft. Dieses kleine himmlische Biest!

„Das ist Jahre her! Ich war achtzehn."

„Und es war ein Fehler. Würde ich dir ja nicht so vorhalten, wenn du nicht so kleinlich und unversöhnlich wärst. Also Sweetie, ich bin dann noch mal kurz weg."

„Nein ...!" Im selben Moment war Ryan alleine. Ava hatte nichts als den ihr eigenen lieblichen Duft hinterlassen. Ryan seufzte und ließ sich nach hinten fallen. Er streckte Arme und Beine aus und versuchte, die Sonne auf seiner Haut zu genießen. Um Hautkrebs musste er sich hier vermutlich keine Sorgen mehr machen. In Gedanken tauchte das Bild von Susan vor ihm auf. Fast so klein wie Ava, die Haare ebenfalls rötlich, aber nicht flammend, sondern in einem warmen Mahagoniton, war sie ähnlich frech gewesen wie sein durchgeknallter Schutzengel. Und fast so hübsch. Trotzdem hatte er sie betrogen.

8. Laurie

Jessy hatte angeboten, noch mit nach oben zu kommen, aber Laurie hatte dankend abgewunken. Nun stand sie im dunklen Flur und bedauerte, das Angebot abgelehnt zu haben.

Panik jagte in heißen Wellen durch ihren Körper. Ryan! Wo war er?

Die Ungewissheit fraß dunkle Löcher in ihre Seele. Es war sein Körper, den sie beerdigt hatten. Aber er, wo war er? Das, was ihn ausgemacht hatte, sein Wesen, seine Liebe, seine Seele, all das konnte doch nicht einfach weg sein! Schluchzend versuchte Laurie, Halt zu finden in einer Welt, die Kopf stand. Sie ging ins Schlafzimmer, setzte sich aufs Bett und presste Ryans Kopfkissen in ihr Gesicht. Ein schwacher Hauch seines Geruchs, eine Mischung aus frischer Luft und seinem herben, aber unaufdringlichen Aftershave, ließ die Panik für einen Moment abebben. Er war noch da. Irgendwo gab es ihn noch. Es musste so sein, denn alles andere war absurd.

Irgendwann stand sie auf und wankte durch die Wohnung. Es kam ihr vor, als wäre ihr buchstäblich der Boden unter den Füßen weggezogen worden. Früher hatte sie es nur für eine Redensart gehalten. Jetzt wusste sie es besser.

Sie musste etwas finden, das das Grauen betäubte, sie bestenfalls schlafen ließ. Im Kühlschrank wurde sie fündig. Eine volle Flasche Tempranillo versteckte sich hinter den Resten der Gemüsesuppe, die ihre Mutter dort gestern verstaut hatte. Sie nahm den Korkenzieher und schaffte es mit zitternden Händen beim dritten Anlauf, den Wein zu öffnen. Den ersten Schluck trank sie im Stehen in der Küche. Mit der Flasche in der Hand ging sie ins Wohnzimmer, schaltete den Fernseher ein und sank aufs Sofa. Vom Fernsehprogramm bekam sie erwartungsgemäß nichts mit, aber es hatte eine – wenn auch geringe – beruhigende Wirkung. Ein Rest von Normalität, derer sie beraubt war und für deren Rückkehr sie alles tun würde.

Viel zu schnell war die Flasche leer, die Wirkung kaum auszumachen. Sie trank selten mehr als zwei oder drei Gläser, eigentlich hätte sie zumindest angetrunken sein müssen. Aber sie war erschreckend nüchtern. Sie zwang sich erneut aufzustehen. Wieder wankte sie Richtung Küche, wobei ihr Gang weniger mit dem Alkohol zusammenzuhängen schien als mit dem generellen Verlust jeglichen Halts. Der Kühlschrank bot nicht den erhofften Nachschub. Hektisch schob sie Peanut Butter (ihre), Frischkäse (Ryans) und Gemüse vom Union Square Greenmarket in der 14th Straße (vermutlich von Rose angeschleppt) hin und her. Kein Wein. Eine neue Panikwelle rollte auf sie zu. Diesmal eine Kombination aus Angst vor der Gewissheit, Ryan verloren zu haben und dem Umstand, dieser Angst ohne weiteren Alkohol ausgesetzt zu sein. Auch wenn sie noch keine spürbare Besserung durch den Wein feststellen konnte, setzte sie darauf, dass eine

Steigerung der Dosis doch noch helfen würde. Ihr Blick irrte durch die aufgeräumte Küche. Rose kam regelmäßig, um Ordnung zu schaffen.

Die Küche im Landhausstil hatten Ryan und sie gemeinsam ausgesucht. Vanillefarbenes Holz, kombiniert mit einer honigfarbenen Arbeitsplatte und aufwändig verarbeitetes Glas in den oberen Schränken hatte sie beim Kauf beide sofort überzeugt. Vor der Balkontür stand ein runder Tisch, um den sich vier unterschiedliche Sessel im Retro-Stil gruppierten. Der Tisch war in diesem Raum das einzige Möbelstück, das Ryan selbst getischlert hatte. Die Platte war aus massiver Akazie und geölt, eingefasst war der Tisch mit einem Fuß aus schwarz lackiertem Eisen. Die natürliche Maserung des Holzes mit seinen leichten Unebenheiten hatte Laurie als Vorboten für das Landhaus gesehen, das sie später einmal kaufen wollten.

Sie riss die Balkontür auf, nahm in Kauf, dass die winterliche Kälte sich sofort in die Küche schob und suchte den kleinen Bereich mit nervösen Blicken ab. Da! Hinter einer Kiste Mineralwasser stand der Karton mit dem Tempranillo. Sie seufzte erleichtert. In der Nähe kreischte eine Sirene. Laurie zuckte zusammen, ihr Hals schnürte sich zu. Sie schnappte sich die Weinflasche, flüchtete zurück in die Küche und warf die Balkontür hinter sich zu.

9. Ryan

Ryan war kurz davor zu kapitulieren. Vielleicht würde er für alle Ewigkeit in diesem unbestreitbar friedlichen Ambiente umherwandeln. Außer Spaziergänge über den weichen Strand zu machen oder die spektakulären Sonnenauf- und untergänge zu beobachten, gab es nicht viel zu tun. Um genau zu sein, hatte er überhaupt nichts anderes zu tun. Er verspürte keinen Hunger, und irgendwelche Verpflichtungen hatte er auch nicht. Ein seltsamer und ungewohnter Zustand. Also lief er abwechselnd kilometerlang, um sich danach wieder auszuruhen. Er hegte keinen Zweifel daran, dass Ava ihn finden würde, egal in welchem Strandabschnitt er sich gerade aufhielt. Falls sie ihn finden wollte. Es sah sowieso alles gleich aus, egal wie weit er wanderte, die Kulisse blieb dieselbe. Inzwischen waren einige Tage vergangen, und Ava schien keine Eile zu haben, zu ihm zurückzukommen. Seine Gedanken waren erstaunlicherweise etwas zur Ruhe gekommen. Das Einzige, was unverändert anhielt, war die schmerzhafte Sehnsucht nach Laurie. Gelegentlich dachte er mit Wehmut an seine Eltern und seine Schwestern. Die Wut auf seinen Junkie-Schutzengel hatte sich inzwischen auf ein moderates Maß hinuntergeschraubt. Ryan war sich nicht sicher, ob es daran lag, dass Ava so ein herzerfrischendes Wesen war, dem man nicht allzu lange böse sein konnte, oder ob es doch eher der Tatsache geschuldet war, dass sie sich des unfairen Mittels bedient hatte, ihn an die Geschichte mit Susan zu erinnern. Noch heute spürte er ein schlechtes Gewissen. Sie war seine erste feste Freundin gewesen. Ein lustiges, lebensfrohes Mädchen mit Korkenzieherlocken und unendlich vielen Sommersprossen, das mit ihrer charmanten und frechen Art jeden um den Finger wickelte. Drei Monate lang waren sie unzertrennlich gewesen. Natürlich hatte er sich geschmeichelt gefühlt, dass die selbstbewusste und hübsche Susan sich ausgerechnet in ihn verliebt hatte. Vor ihr hatte er das seltene Talent gehabt, sich immer die Mädchen auszusuchen, für die er Luft war. Eigentlich war er für die meisten unsichtbar, was vermutlich weniger an seinem Äußeren als an seiner fast schon krankhaften Schüchternheit lag. Mit Susan war der Bann gebrochen. Plötzlich hatte er die freie Auswahl. Er war darüber so verblüfft, dass er keine Strategie für diesen Zustand besaß. Bei Viktoria wurde er dann schwach. Da er fremdgehen nicht gewohnt war und sich entsprechend auffällig verhielt, dauerte es nicht lange, bis Susan dahinter kam. Den Schmerz, den ihre wütenden kleinen Fäuste auf seiner Brust hinterließen, konnte er noch Monate später spüren. Aus ihren Mandelaugen waren tödliche Blitze geschossen, und er hatte sich wie das letzte Schwein gefühlt. Aus heutiger Sicht wusste er, dass Susan einfach noch nicht die Richtige für ihn gewesen war. Nach der unschönen Trennung hatte Ryan beschlossen, sich nicht so bald wieder auf eine feste Beziehung einzulassen. Stattdessen gestattete er sich, seine neuen Chancen bei Frauen zu nutzen. Allerdings machte er ab dem

Moment keinen Hehl aus seinen Absichten. Die eine oder andere unschöne Szene gab es danach hin und wieder trotzdem, aber Ryan war nie wieder einem so schlechten Gewissen ausgesetzt wie bei Susan. Schließlich kam Laurie. Da wusste er, dass er angekommen war. Seufzend malte er große Kreise in den Sand. Vier Jahre. Die Zeit, die sie miteinander gehabt hatten, war viel zu kurz gewesen! Das war, verdammt noch mal, nicht fair …

„Liebster Ryan!" Ava kam von rechts angeflattert. Mit leicht geröteten Wangen stand sie vor ihm.

Er hob nur eine Augenbraue und sah sie abwartend an. So lange, wie sie ihn hatte schmoren lassen, konnte sie nun nicht erwarten, dass er ihr begeistert um den Hals fiel.

„Ich habe Neuigkeiten!" Erwartungsfroh strahlte sie ihn an, hüpfte von einem Bein aufs andere und schien fast zu platzen vor Glück.

Er brummte Unverständliches und wartete weiter ab.

„Bist du immer noch böse auf mich?" Sie stand abrupt still und reduzierte das Strahlen in ihrem Gesicht auf die Hälfte.

Er seufzte. „Nein, nicht böse. Das ist das falsche Wort." Langsam strich er sich eine zu lange Haarsträhne aus der Stirn. Ein Friseurbesuch hatte auch ganz oben auf seiner To-do-Liste für Januar gestanden.

Er überlegte einen Moment, bevor er weiter sprach. „Ich fühle mich nur so … betrogen. Laurie und ich hatten noch so viel vor. Wir wollten ein ganzes Leben zusammen verbringen. Wir wollten Kinder zusammen haben, und ich wollte uns ein Haus auf dem Land bauen. Später hätte ich gerne beobachtet, wie erste graue Strähnen Lauries schwarzen Haare durchziehen, während unsere Kinder erwachsen werden, und wir uns danach von den Strapazen erholen. Zusammen." Er lächelte traurig.

Ava nickte ernst. „All das kann Laurie noch erleben, wenn du dabei hilfst."

Er warf ihr einen überraschten Blick zu. „Aber ..." Er stockte, dann wurde ihm klar, was sie meinte. Laurie könnte all das noch erleben. Aber nicht mit ihm. Ein Stich fuhr durch sein Herz. Er holte tief Luft, versuchte die durcheinander wirbelnden Gedanken in seinem Kopf zu sortieren. Vergeblich.

„Du willst doch, dass Laurie glücklich ist", sagte sie sanft und legte eine Hand auf seinen Arm.

„Natürlich!" Das wollte er. Gar keine Frage. Dennoch tat es verdammt weh, sie sich glücklich an der Seite eines anderen Mannes vorzustellen.

„Du hast immer gerne gelebt, oder?" Ihre Hand drückte seinen Arm. Fast kam es ihm wie eine Warnung vor.

„Na, die meiste Zeit schon. Du warst schließlich dabei." Er grinste schief. „Warst du eigentlich überall dabei?" Seine Stirn legte sich in Falten.

Sie kicherte. „Keine Angst, Sweetie. Auch Schutzengel respektieren eine Privatsphäre." Die Saphiraugen blitzten, machten sich lustig über ihn. „Also im Badezimmer habe ich mich immer verzogen. Wer will bei der Gelegenheit auch schon dabei sein." Sie kicherte wieder und hielt sich die Nase zu.

„Wie beruhigend." Er schnaubte. „Übrigens, was sind denn nun deine Neuigkeiten?"

„Hm." Sie zwirbelte eine wirre Haarsträhne um ihren Zeigefinger. „Also, ich habe Hilfe im Engelrat gesucht. Und die sind einhellig der Meinung, dass es tatsächlich helfen könnte, dich dabeizuhaben, wenn ich Laurie besuche."

„Hab ich ja gesagt!" Triumph schwang in seiner Stimme. Kein Wunder, dass er hier irrtümlich gelandet war. Ava konnte offenbar nicht mal die simpelsten Entscheidungen alleine treffen.

„Ja, Sweetie. Aber das ist nun mal keine leichtfertige Entscheidung, da ist es besser, sich abzusichern."

Er kniff die Augen zusammen, sagte aber nichts.

„Hab ich gesehen!", kommentierte sie sofort. „Na egal, ich verzeihe dir."

„Wie großzügig." Er verschränkte die Arme vor der Brust.

„Wann geht es los?"

„Sobald wir uns einig sind, was du zu ihr sagst."

Er unterdrückte ein Augenrollen und seufzte stattdessen tief. „Na, dass ich sie liebe, und vor allem soll sie wissen, dass ich sie nicht freiwillig verlassen habe! Und dass ich auf sie warte ..." Er hatte schnell gesprochen. Vor seinem Inneren sah er bereits, wie Laurie vor ihm stand. Wie er sie endlich wieder in den Arm nehmen konnte. Sein Magen zog sich vor Aufregung und Sehnsucht zusammen.

„Ho ho, stopp!" Ava streckte ihm ihre Handfläche entgegen und sah aus wie eine Miniatur-Kampfsportlerin. „Wenn du einfach nur sagst, dass du auf sie wartest, dann wird das sicherlich nicht der große Anreiz für sie sein, ihr weiteres Leben zu genießen. Oder es überhaupt zu leben. Also so, wie es im Moment aussieht, scheint das nämlich das größte Problem zu sein. Sie will nicht weiter machen. Und bei ihr haben wir das Gefühl, sie könnte wirklich eine Kurzschlussreaktion begehen.“ Ava räusperte sich.

„So schlimm ist es?“ Ein Muskel zuckte an Ryans Lid. Seine Kieferknochen mahlten. Die Information musste er erstmal verdauen. Nichts war schlimmer für ihn, als zu hören, wie schlecht es Laurie ging. Natürlich wollte er nicht, dass sie sich etwas antat. Andererseits war die Aussicht, sie hier bei sich zu haben, wenn sie es doch täte, so verlockend wie sonst nichts. Er knetete seine Hände so fest, dass die Sehnen an seinen Unterarmen deutlich hervortraten. „Okay, hast du einen Plan?“

Ava nickte heftig.

10. Laurie

Mit einem Ruck wachte Laurie auf. Ihr Herz raste und das Blut rauschte in ihren Ohren. 2.40 Uhr zeigten die Leuchtziffern des Weckers auf ihrem Nachttisch an. Sie zog die Bettdecke von ihrem schweißnassen Körper und versuchte, langsamer zu atmen. Eine knappe Stunde nur hatte sie in einem komaähnlichen Zustand verbracht, der die Bezeichnung Schlaf kaum verdiente. Ein wirrer Traum klang in ihr nach, von dem sie nur Fetzen zu fassen bekam. Ryans Gesicht, zu weit weg, zu unscharf, um tröstlich zu sein. Dann waren Bäume um sie herum. Ein Park? Oder ein Wald. Sie war gerannt. War sie auf der Flucht gewesen oder hatte sie versucht, Ryan zu finden? Laurie wusste es nicht mehr, wusste nur eines ganz genau: Die Angst, Ryan endgültig zu verlieren, wuchs wie ein bösartiges Geschwür in ihr. Breitete sich zerstörerisch aus und ließ keinen Platz für irgendetwas Gutes. Gleichzeitig war ihr die Absurdität des Gefühls durchaus bewusst. Wie konnte man sich vor etwas fürchten, das längst geschehen war?

Die Gewissheit, dass sie ohne Ryan nicht weiter leben konnte, war so tief wie die wahnsinnige Angst, die ihr Inneres mit Rasierklingen zerfetzte.

Als im kühlen Schlafzimmer der Schweiß auf ihrer Haut getrocknet war, ließ ein Kälteschauer Laurie zittern.

So fest sie konnte, presste sie Ryans Kopfkissen an die Brust. Der Schmerz darin tobte ungerührt weiter.

48

11. Ryan

„Weißt du noch, wie es geht?"

„Was?" Ryan sah Ava irritiert an.

„Na, das Reisen." Sie kicherte und kniff ihn in die Wange.

Er wich zurück und zuckte die Schultern. „Keine Ahnung, ich hab doch damals gar nichts gemacht, als du mich hierher gebracht hast."

„Oh, doch, hast du. Du hast dich darauf konzentriert, mir zu folgen." Mit einer Hand fuhr sie sich ordnend durch die Haare. Das Ergebnis ließ zu wünschen übrig. Die rote Pracht wirkte nur noch verwuschelter.

„Hab ich? Das war vermutlich der Fehler …", sagte er und sah auf seine Hände. Der Ehering glänzte im Sonnenlicht. Die Erinnerung an seinen Hochzeitstag überfiel ihn unvorbereitet und nahm ihm für einen Moment den Atem.

„Du hattest wenig andere Möglichkeiten", erinnerte sie ihn gutmütig und schnalzte mit der Zunge.

Das Bild von Laurie in ihrem Hochzeitskleid verschwand vor seinem inneren Auge. Er seufzte. „Stimmt, da war doch was …"

„Also." Sie wurde ernst. „Es darf nichts schief gehen. Der Weg zurück ist manchmal gefährlicher als andersrum."

Überrascht hob er die Augenbrauen.

„Na ja, du könntest verloren gehen und in einer nicht sehr netten Zwischenwelt landen." Sie nickte bekräftigend.

„Noch schlimmer als hier?", fragte er trocken.

Sie schlug ihn auf den Arm und stemmte die Hände in die Hüften. „Du hast ja keine Ahnung! Hier bist du in absoluter Sicherheit! Noch nicht im endgültigen Himmel, aber immerhin im Vorhimmel. Also versau es nicht, Ryan Parker!" Ihr Blick fixierte ihn drohend, ein kurzer, dicker Zeigefinger schoss gleichzeitig in die Höhe.

Er hob beschwichtigend die Hände. „Schon gut. Mach dir keine Sorgen, das Einzige, was ich will, ist zu Laurie zu kommen. Ganz bestimmt möchte ich mich nicht vorher verlaufen."

„Gut." Sie nickte, ihr Gesichtsausdruck wurde wieder weich. „Und denk dran, du musst sie davon überzeugen, es ein Jahr lang zu versuchen, ohne dich weiterzuleben."

Er nickte zögernd. Ein Jahr ... und anschließend für immer. Wieder wallte Wut in ihm auf, gemischt mit einer tiefen Trauer. Er schluckte hart. Es war einfach nicht fair! Und schuld war das kleine dicke Ding von Schutzengel, das bezaubernd, aber völlig unfähig war. Jetzt sah ihn das himmlische Wesen auffordernd an. „Dann los."

Sein Herz machte einen Satz, als wollte es aus seiner Brust springen. Gleich würde er Laurie treffen! Sie endlich wieder in den Arm nehmen. Eilig wandte er seine gesamte Aufmerksamkeit auf Ava.

12. Laurie

Sie hatte Angst, sich zu bewegen. Nichts durfte den Augenblick stören, der nur aus Glück und Liebe bestand und sie einhüllte wie eine unendlich weiche, warme Decke. Jede Bewegung könnte zu viel sein. Selbst die Augen zu öffnen, wagte sie nicht.

Ryan war wieder da. Er lag hinter ihr im Bett, seine Arme hielten sie fest umschlossen, sie spürte ihn mit jeder Faser ihres Körpers. Nichts war mehr wichtig, außer dass dieser Moment nie vorbeiginge. Selbst Atmen gestattete Laurie sich nur in flachen Zügen, die Zeit anzuhalten war eine fragile Angelegenheit.

„Laurie ..." Seine Stimme war ein Flüstern.

Sie rührte sich nicht, flehte nur stumm, dass er still sein möge, nichts täte, was diesen wundervollen Augenblick unwiderruflich vernichten würde. Jedes einzelne Wort war gefährlich, jede Bewegung würde unweigerlich dazu führen, dass die Zeit nicht länger stillstand. Das musste er doch wissen.

„Laurie ... Baby." Seine Finger strichen sanft über ihren Arm. „Ich habe dich so vermisst."

Sie sagte nichts, schmiegte sich nur noch etwas dichter an ihn. Endlich wieder seinen Duft einatmen, nicht nur den kärglichen Rest aus dem Kopfkissen. Noch nie hatte das reine Atmen ein so grenzenloses Glücksgefühl in jeden Winkel ihres Körpers geflutet.

„Baby, es tut mir unendlich leid, dass ich dich verlassen habe. Es war nur ein Wimpernschlag, den ich nicht aufgepasst habe … Wenn ich die Zeit zurückdrehen könnte, wäre ich an dem Morgen einfach bei dir im Bett geblieben. Aber manche Dinge geschehen einfach." Er verstummte und vergrub sein Gesicht leise seufzend in ihren Haaren.

„Jetzt bist du ja wieder da …" Lauries Stimme klang heiser, als hätte sie seit Ewigkeiten nicht gesprochen. Sie würde ihn nicht wieder gehen lassen. Nie mehr.

„Aber ich kann nicht lange bleiben." Er küsste sie auf die Schläfe und schlang erneut die Arme um sie. „Ich liebe dich. Für immer und ewig, das weißt du. Und ein Teil von mir wird für alle Zeit in deinem Herzen sein. Aber du musst jetzt weiterleben, auch ohne mich. Hörst du?"

„Nein!" Ein Schrei aus der Tiefe des Schmerzes, der gerade dabei war, die Kontrolle wieder zu übernehmen. Abrupt öffnete sie die Augen und drehte sich um. Ryan nicht nur zu spüren, sondern ihn im Schein der Nachttischlampe auch zu sehen, war zu viel für sie. Sie gab ein Geräusch von sich, das an ein verwundetes Tier erinnerte. Ihr Mann trug die gleiche Kleidung, die er immer zum Laufen angehabt hatte. Seine weizenblonden Haare fielen ihm in die Stirn und der winzige Kranz aus Lachfältchen um seine Augen erinnerte sie daran, wie oft sie zusammen in schallendes Gelächter ausgebrochen waren. Jede Einzelheit in seinem Gesicht saugte sie auf wie ein Schwamm. Die klaren grauen Augen, die sie jetzt eindringlich ansahen, eingerahmt von dichten geschwungenen Wimpern. Sie hatte ihn viel zu selten betrachtet. Sie hätte in ihrer gemeinsamen Zeit nichts anderes tun sollen. Jedes Detail musste sie aufnehmen. Es an einen sicheren Ort bringen.

„Nein", wiederholte sie leise. „Ich kann ohne dich nicht weiterleben. Ich schaffe das nicht. Niemals." Ihr Blick hing wie gebannt an seinem, in dem sie sich erkannte. Ihre Liebe, ihren Schmerz und eine unsterbliche Sehnsucht, die zumindest für diesen Moment gestillt war.

Er holte tief Luft, wollte etwas sagen, schwieg dann doch. Verlor sich erneut minutenlang in ihrem Blick. Dann küsste er sie. Unendlich sanft trafen seine Lippen auf ihre.

Durch ihren Körper fuhren Stromstöße.

Viel zu schnell löste er sich wieder von ihr. „Honey, bitte. Tu es mir zuliebe. Ich kann keinen Frieden finden, solange ich nicht weiß, dass du weitermachst." Seine Stimme war belegt, seine Augen schimmerten feucht.

„Ich kann nicht." Sie stöhnte leise, hielt ihn weiter mit ihrem Blick gefangen. „Ohne dich kann ich gar nichts."

Wieder stand die Zeit still.

Nach einer kleinen Ewigkeit senkte Ryan den Blick und rückte ein Stück von ihr weg.

Panik drückte Lauries Herz zusammen. „Ich will bei dir sein. Und wenn ich dafür sterben muss, macht mir das auch nichts aus."

Er holte tief Luft. „Ein Jahr. Versuche es ein Jahr ohne mich. Bitte, Baby, tu es für mich."

Überrascht sah sie ihn an. „Ein Jahr? Und wenn es dann noch genauso weh tut, darf ich zu dir kommen?"

Er räusperte sich, nickte zögernd. „Ein Jahr, versprich es."

Sie tat es und warf sich gleich darauf weinend in seine Arme.

Behutsam strich er ihr die Haare aus der Stirn. „Baby?"

Sie sah ihn stumm an.

„Bitte, geh wieder arbeiten. Bleib nicht in dieser Wohnung, egal wie schön sie ist." Er deutete auf das Schlafzimmer, das Laurie voller Hingabe eingerichtet hatte. Die mauvefarbenen Stores zu beiden Seiten der bodentiefen Fenster waren die einzigen Farbkleckse zu der sonst in Weiß und Creme gehaltenen Möblierung. Der alte Frisiertisch mit den verschnörkelten Spiegeln stammte von einem Flohmarkt in Brooklyn, den Laurie entdeckt und Ryan liebevoll restauriert hatte.

„Arbeiten?" Sie sah ihn an, als hätte er den Verstand verloren.

Er nickte, ein winziges Lächeln stahl sich auf seine Lippen.

„Das, womit die meisten Menschen einen Großteil ihrer Zeit verbringen."

„Aber ich ... ich kann das jetzt nicht." Sie erstarrte. Ihr Blick irrte durch den Raum. Hier fühlte sie sich halbwegs sicher. Bei der Vorstellung, wieder im Büro zu sitzen, sich von Steve, ihrem Chef Anweisungen geben zu lassen und zu ... funktionieren, brach ihr der kalte Schweiß aus. Sie konnte doch nicht einfach wieder in die Welt hinausgehen, als sei nichts passiert.

„Versuche es wenigstens. Bitte. Mir zuliebe." Seine Stimme war unendlich sanft.

Sie schluckte. Ryan einen Wunsch abzuschlagen war ihr unmöglich. Also nickte sie, obwohl sie keine Ahnung hatte, wie sie diesen erfüllen sollte.

13. Ryan

„Bist du nun zufrieden?" Ryan klang vorwurfsvoll. „Es ist ja noch viel schlimmer, als ich dachte. Laurie so unglücklich zu sehen war das Schlimmste, was ich je erlebt habe." Wut und das Bedürfnis, Ava zu schütteln, wallte so stark wie noch nie in ihm auf. Er biss sich auf die Lippen.

„Ich weiß, das war hart." Ava starrte auf den schneeweißen Sand unter ihren goldenen Plateaustiefeln.

„Hart? Die Untertreibung des Jahrhunderts ..."

Er lachte bitter.

„Aber es war doch auch schön, sie wiederzusehen, oder nicht?"

„Natürlich war es das! Aber auch unglaublich schmerzlich." Er wandte sich ab und starrte aufs Meer, die Hände zu Fäusten geballt.

„Das war einer der Gründe, warum ich mich so schwer getan habe, dir zu erlauben, mitzukommen", sagte sie sanft.

„Wie rücksichtsvoll von dir." Seine Stimme troff vor Sarkasmus.

Besänftigend legte sie eine Hand auf seinen Arm.

Er schüttelte sie ab wie ein lästiges Insekt.

„Wie lange?", fragte er unvermittelt. „Wie lange hätte ich mit Laurie gehabt, wenn du es nicht vermasselt hättest?"

Sie zögerte. „Ich glaube nicht, dass es gut wäre, wenn ich dir das sage.“

„Wie lange?“, fragte er gefährlich leise.

„Ich weiß nicht, ob ich darüber sprechen darf.“ Sie rang nervös die Hände, ihre türkisfarbenen Perlenarmbänder rollten in einem farbenfrohen Tanz hin und her.

„Oh, hat die kleine Ava Angst, einen Fehler zu machen? Ärger mit dem Engelrat zu bekommen?“ Er verzog die Lippen zu einem ironischen Lächeln.

„Ja, hat die kleine Ava! Und du brauchst gar nicht so sarkastisch zu werden. Ich hab mir immer die größte Mühe gegeben.“ Sie schob die Unterlippe schmollend vor und trippelte in ihren Stiefelchen im Sand herum.

„Ja, ja, das hatten wir schon!“ Er winkte müde ab. Dann packte er sie an den Schultern, die sich weich gepolstert in seine Hände schmiegten. „Sag es!“

Nachdenklich wiegte sie den Kopf hin und her. „Vielleicht hättest du nur noch drei Monate gehabt.“

„Drei Monate?“, rief er und ließ sie abrupt los. „Drei Monate?“, wiederholte er mit weit aufgerissenen Augen. „Bist du sicher?“ In seinem Kopf drehte sich alles. Er war von fünfzig oder sechzig Jahren ausgegangen. Eine Zeitspanne von drei Monaten erschien ihm geradezu absurd kurz.

„Nehmen wir mal an, du hättest ein angeborenes Aneurysma im Kopf gehabt, das dann geplatzt wäre.“

Er schüttelte den Kopf, schluckte. „Aber das kann doch gar nicht sein! Ich habe immer gesund gelebt, viel Sport gemacht, versucht, den Stress nicht überhand nehmen zu lassen. All diese Sachen eben.“

„Sehr vernünftig, lieber Ryan Parker. Trotzdem wäre das vielleicht dein Schicksal gewesen."

„Aber das …", setzte er an, schüttelte erneut den Kopf. „Das wäre ja genauso unfair!"

Ava sah ihn liebevoll an. „Das kann man so oder so sehen. Weißt du, viele Menschen leben achtzig Jahre oder mehr und haben nie das Glück erfahren, das du mit Laurie hattest. Die ganz große Liebe. Ein Geschenk, das nicht alle erleben dürfen."

Ryan fuhr sich mit einer Hand über die Augen. Seine Schultern sackten nach vorne, ein leiser Schmerzlaut kam über seine Lippen.

Ava strich ihm vorsichtig über die Wange, sie schien in Sorge, wieder abgeschüttelt zu werden. Er ließ die Berührung regungslos über sich ergehen. Zum ersten Mal wurde ihm bewusst, dass er sich dem ausgeflippten Wesen neben sich viel zu verbunden fühlte.

„Was hältst du von einer Strandparty?", fragte sie unvermittelt.

„Bitte?"

„Na ja, ich könnte Kurt, Jimi, Freddie und all die anderen einladen. Gab hier lange keine Sause, und ich denke, es könnte gut sein, dich auf andere Gedanken zu bringen."

„Sind die auch alle noch im Vorhimmel?", fragte er verblüfft.

Sie kicherte. „Nein. Das heißt, manche schon, aber die anderen kommen auch von oben immer gerne mal vorbei. Ganz oben gibt es ja keinen Alkohol und keine Drogen mehr. Braucht da allerdings auch keiner mehr zum Glücklichsein. Um der alten Zeiten willen kommen die einer Einladung in aller Regel trotzdem immer gerne nach."

„Der Kurt?"

„Natürlich der Kurt! Was meinst du, was das für ein himmlisches Konzert wird. Woodstock war gar nichts dagegen." Ihr Gesichtsausdruck verklärte sich, die Saphiraugen leuchteten sehnsüchtig.

„Aber ich kann doch hier nicht lustig feiern, während Laurie sterben möchte!" In Ryan tobte ein Kampf. Das ging doch nicht! Andererseits fühlte er eine prickelnde Vorfreude beim Gedanken daran, sämtliche verstorbenen Musiklegenden um sich versammelt zu sehen. Was für eine Vorstellung!

„Ach, Sweetie. Du änderst bei ihr doch nichts, wenn du das Jahr in Trauer und Einsamkeit umherwandelst. Echt nicht."

Sie sah ihn erwartungsvoll an.

„Ich weiß nicht."

„Bitte!"

Zögernd nickte er schließlich. „Also gut."

„Jippiehh! Es wird der absolute Hammer werden! Ein Erlebnis, das du nie wieder vergisst, das verspreche ich dir." Ava klatschte in die Hände und drehte sich im Kreis. Ihr weiß-goldenes Kleid flog im wilden Rhythmus um ihre Beine.

„Du wusstest, dass du mich mit Kurt kriegen wirst, richtig?"

Als Antwort lachte sie glockenhell. Natürlich wusste sie es, sie war schließlich sein Schutzengel. Obwohl er es nicht wollte, musste er mitlachen.

„Ach, und Ryan, das mit den drei Monaten war. ein Witz. Soweit ich weiß, hattest du auch kein

Aneurysma. Um ehrlich zu sein, habe ich keine Ahnung, wie viele Jahre auf deiner Lebenskarte vermerkt waren." Kichernd rannte sie los.

Ryan sah ihr sprachlos hinterher. Dieses Biest!

14. Laurie

Die matte Wintersonne, die den Tag über Manhattan erhellt und eine zaghafte Ahnung vom noch fernen Frühling hinterließ, war im Begriff unterzugehen. Wieder ein Tag geschafft. Nun waren es nur noch 343, die Laurie hinter sich bringen musste. Ab jetzt hatte sie immerhin ein genaues Ziel. Ein ungewohnter Halt trotz des brüchigen Bodens, auf dem sie unverändert stand. Sie trat ans Fenster und sah auf das geschäftige Treiben unter sich. Alltag, der sich in all seinen Facetten jeden Tag dort draußen ereignete, und mit dem sie nicht mehr das Geringste zu tun hatte. Sie wusste kaum noch, wie das war, ein normales Leben zu führen. Ihres bestand ausschließlich daraus, Sekunden zu Minuten und Minuten zu Stunden werden zu lassen. Wenn genug Stunden vergangen waren, konnte sie wieder an einen Tag einen Haken setzen. Nun wusste sie, dass sie damit ihrem Ziel jedes Mal ein winziges Stückchen näher gekommen war. Dass sie überhaupt ein Ziel hatte.

Das Geräusch der Türklingel ließ sie zusammenzucken. Das tat es seit dem Neujahrsmorgen immer. Selbst, wenn sie Besuch erwartete, so wie jetzt Jessy.

Seufzend ging sie in den Flur, betätigte den Summer.

Sekunden später flog ihre Freundin ihr um den Hals. Für einen flüchtigen Moment freute Laurie sich. Dann verschwand das Gefühl wie eine Fata Morgana.

Jessys Wangen leuchteten in einem frischen Rot. Sie balancierte Schachteln von der Blue Ribbon Sushi Bar auf einen Stuhl neben der Haustür und nahm ihre Mütze vom Kopf. Eine Flut blonder Haare ergoss sich über ihre Schultern.

„Der Winter will immer noch nicht weichen!" Sie stöhnte und verdrehte die Augen. „Wie geht es dir, Honey?" Mit einem prüfenden Blick aus musterte sie Laurie, während sie ihren knallgelben Mantel auszog und aus den farblich passenden Stiefeln schlüpfte. Ihre Füße steckten in bunten, selbst gestrickten Socken.

Durch Lauries Herz fuhr ein heftiger Schmerz. Honey. Erst ein paar Stunden war es her, dass Ryan sie so genannt hatte.

„Lass uns ins Wohnzimmer gehen", sagte sie statt einer Antwort. Schon jetzt hoffte sie, dass es kein langer Besuch werden würde. Die Lebendigkeit, die Jessy wie gewohnt ausstrahlte, erschöpfte Laurie bereits.

Einen Moment später saßen sie sich gegenüber. Die Sushi-Köstlichkeiten waren in den Schachteln geblieben und standen vor ihnen auf dem Tisch. Anders als Rose hielt Jessy es nicht für nötig, das Porzellangeschirr zu benutzen. Laurie war das sowieso egal. Sie würde ohnehin nur wenige Bissen des Bonsai Trees und des Housesalades zu sich nehmen. Früher mochte sie das Gericht aus Avocado, Crabstick, masago und kaiware gerne. Heute würde es für sie genauso nach nichts schmecken wie alles andere.

„Chai latte?", fragte sie, auch wenn sie nicht die geringste Lust verspürte, Gastgeberpflichten nachzukommen.

„Bleib sitzen, ich mach schon." Jessy sprang sofort wieder auf und eilte hinaus.

Erleichtert lehnte Laurie sich zurück. Selbst einfachste Tätigkeiten wie Teekochen waren für sie anstrengend. Sie, oder besser ihre Umwelt, konnte froh sein, wenn ihre Kraft zum Zähneputzen und Duschen reichte. Heute Morgen hatte sie nichts davon getan. Ihre Lippen spürten noch immer den Kuss der letzten Nacht und ihr Körper fühlte Ryans Wärme. Wasser würde das womöglich ändern. Laurie wollte dieses Risiko auf keinen Fall eingehen. Auch die Haare hatte sie ungekämmt gelassen. Schließlich hatte seine Hand auch darüber gestreichelt.

Bevor sie sich ganz in der Erinnerung verlieren konnte, erschien Jessy wieder im Türrahmen, in den Händen zwei dampfende Becher. Gewürzdüfte zogen durch den Raum. Sie stellte die Becher auf den Tisch und ließ sich aufs Sofa fallen.

„Ryan war gestern Nacht hier", sagte Laurie leise, den heißen Becher in den Händen.

Jessy ließ die Stäbchen sinken, mit denen sie gerade ein Lachsröllchen aufspießen wollte. Ihre Augen wurden groß.

„Was ...?" Eine Hand flog vor ihren Mund. Stumm starrte sie ihre Freundin an. Schließlich brach Jessy das Schweigen wieder. „Hast du von ihm geträumt?" Ihre Stimme klang undeutlich, weil ihre Hand noch immer vor dem Mund lag.

„Ja. Nein." Laurie schüttelte den Kopf. „Er war hier. Ganz real. Wir haben gesprochen. So wie früher." Tränen rollten ihre Wangen hinab.

„Aber Ryan ist …“, Jessy verstummte, ließ die Hand in den Schoß sinken, wo sie sich mit der anderen verknotete.

„Tot? Meinst du das?“ Mit einem Knall setzte Laurie ihren Becher ab.

„Ja“, flüsterte Jessy. „Das ist er. Es tut mir so leid. Aber …“ In ihren Augen glänzten Tränen.

Laurie rieb sich die Oberarme, als würde sie frieren. „Du hast recht“, sagte sie schließlich. „Er ist tot. Aber etwas von ihm existiert noch.“

Jessy nickte, ihr Blick ruhte besorgt auf der Freundin.

„Er möchte, dass ich wieder arbeiten gehe.“

Jessys Gesicht hellte sich auf. „Das ist doch eine großartige Idee. Dein Chef wird sich freuen!“

„Hast du gestern noch mit Steve telefoniert?“ Sie selbst hatte noch kein einziges Mal mit ihm gesprochen, seitdem sie nicht mehr zur Arbeit ging. Das erste Gespräch nach Ryans Tod hatte Rose für sie geführt. Alle folgenden hatte Jessy erledigt, die Steve flüchtig kannte.

„Ja …“, antwortete Jessy gedehnt. „Eigentlich wollte ich es dir schonend beibringen, aber er meinte, es wird langsam Zeit, dass du dich mal wieder blicken lässt.“

Lauries Hals wurde eng, und eine eiskalte Hand umklammerte ihr Herz, das in der Brust stolperte.

Anscheinend wollte alle Welt, dass sie endlich wieder funktionierte. Selbst Ryan … nicht zum ersten Mal fragte sie sich seit dem Morgen, ob sie langsam endgültig verrückt wurde. Diese tiefe Gewissheit, letzte Nacht tatsächlich in seinen Armen gelegen zu haben, stritt sich unerbittlich mit ihrem Verstand, der sicher war, dass Ryans Besuch nichts als ein Traum war. Ein

Wunschtraum obendrein. Ihr war durchaus bewusst, dass sie deshalb so heftig darauf reagierte, wenn Jessy die Tatsache aussprach. Ryan ist tot. Es war die Wahrheit. Und es war eine Lüge. Laurie begann zu zittern, biss die Zähne so fest aufeinander, dass ein Schmerz durch ihren Kiefer zog. „Ich werde darüber nachdenken.“

Mit einem Ausdruck der Erleichterung widmete Jessy sich endlich ihrem Lachsröllchen.

15. Ryan

Wow! Ryan sah sich um. Ava hatte nicht zu viel versprochen. Er zweifelte keine Sekunde daran, dass hier gleich ein unvergessliches Ereignis stattfinden würde.

Zu seiner Linken war eine riesige Bühne auf einem Hügel aufgebaut, eine raffinierte Lichttechnik sandte intensive Strahlen in eine ungewohnt dunkle Nacht. Faszinierendes Türkis wechselte sich ab mit einem Tiefrot, gefolgt von Gelb-und Goldtönen, die Ryan in dieser Konzentration noch nie gesehen hatte. Seine Annahme, dass der Vorhimmel ausschließlich aus Strand und Meer bestand, war falsch gewesen, denn jetzt stand er zusammen mit Hunderten von anderen Menschen auf einem samtweichen Rasen. Über allem waberte der unverkennbare Duft von Marihuana. Ryan schnupperte, konnte noch nicht genau einordnen, was der würzige Geruch in ihm auslöste. Er wartete darauf, die vertraute Abneigung zu spüren, zu der ihn sein Verstand auf Erden gedrängt, und die dafür gesorgt hatte, seine Drogenerfahrung auf ein einmaliges Erlebnis zu beschränken. Doch sie kam nicht, stattdessen ertappte er sich dabei, tiefer einzuatmen. Prompt setzte sein schlechtes Gewissen ein. Bis ihm wieder bewusst wurde, dass er tot war. Drogen konnten ihm nicht mehr schaden und für ein vorzeitiges Ableben sorgen. Er seufzte und schüttelte den Kopf.

Dann sah er an sich herunter. Statt seinen eigenen Sachen trug er heute eine knallenge Jeans mit einem dunklen Ledergürtel und seine nackten Füße steckten in abgewetzten Sandalen. Um den Hals baumelte eine lange Perlenkette aus Holz, die weit über seinen nackten Oberkörper fiel. Mit seinem Outfit, das Ava zusammengestellt hatte, passte er perfekt in die bunt gewürfelte Gesellschaft, in der er sich befand. Die Frauen trugen lange wallende Kleider, viele hatten sich Blütenkränze in die Haare geflochten, und Männer steckten in merkwürdigen, zumeist farbenfrohen Oberteilen – manche erinnerten an umgelegte Wolldecken – oder hatten ebenfalls einen freien Oberkörper.

Vorne auf der Bühne herrschte ein emsiges Gewusel, allerdings war noch keine Musik zu hören. Lediglich das Stimmengewirr der Anwesenden erfüllte die laue Nacht. Und noch etwas spürte Ryan. Es schien ein unsichtbares Band zwischen all den unterschiedlichen Menschen zu geben. Love and peace. Genau das lag in der Luft wie der Marihuanaduft.

War es so gewesen, damals in Woodstock? Ryan hatte viel darüber gelesen und sich Berichte angesehen. Oft hatte er auch mit Laurie über die verrückten 60er und 70er Jahre gesprochen. Beide waren der Meinung, dass jene Zeit bestimmt ihre großartigen Seiten hatte, selbst wenn vielleicht nicht alles so schön gewesen war, wie es zur heutigen Zeit etwas verklärt wirken mochte.

Ryans Blick schweifte zurück zur Bühne. Ein Mann hatte sich vorne am Mikrofon postiert. Erste Schlagzeug- und E-Gitarrenklänge ertönten, die Menge wurde schlagartig still. Auch Ryan lauschte andächtig.

Als Jimi Hendrix' Stimme erklang, hatte er die Menge endgültig im Griff. „The wind cries Mary" kam es gefühlvoll über die Lippen des Sängers. Zaghaft stimmten die ersten Besucher mit ein. Inzwischen bewegten sich alle im selben Rhythmus. Ryan fühlte sich eins mit den vielen Menschen, und eine unbekannte Leichtigkeit bemächtige sich seiner. Selbstvergessen tanzte er im Takt.

Schließlich war der letzte Ton verklungen. Augenblicklich setzte frenetischer Beifall ein. Ryan klatschte automatisch mit, während die Bühne in eine grüne Lichtflut getaucht wurde.

Der Schlag auf die Schulter kam unvorbereitet. Erschrocken fuhr er herum.

„Sweetie, ist es nicht grandios?" Ava, in ein knappes, mit Blumen bedrucktes Kleidchen gewandet, strahlte ihn an. Ihre obligatorischen goldenen Plateau-Stiefel hatte sie gegen Westernstiefel getauscht. In der Hand hielt sie einen überdimensionalen Joint.

„Ja, du hast ausnahmsweise nicht zu viel versprochen." Ryan lächelte.

„Ich weiß." Sie strahlte glückselig. „Manchmal muss man das Leben feiern!"

„Das Leben?" Ryan runzelte die Stirn. Jetzt, da er langsam so weit war, seinen Tod zu akzeptieren, da sprach Ava vom Leben.

„Ach, Darling. Leben und Tod sind doch fast dasselbe. Zwei Seiten einer Medaille, wenn du so möchtest." Sie nahm einen tiefen Zug von ihrem Joint und atmete den Rauch so aus, dass er in Ryans Nase strömte.

Anstatt zurückzuweichen, wie er es früher getan hätte, blieb er stehen und atmete ruhig weiter.

„Möchtest du auch?" Sie streckte ihm auffordernd die Hand hin. In ihren Saphiraugen blitzte es verführerisch.

„Ich weiß nicht ..." Ryan zögerte. Trotz der Leichtigkeit, die er unverändert spürte, ließ das dargebotene Rauschgift eine Warnlampe in ihm angehen.

„Da, wo du jetzt bist, spricht wirklich nichts dagegen, mein lieber Ryan Parker." Sie nahm einen weiteren Zug. Der verklärte Ausdruck auf ihrem Gesicht wurde noch eine Spur intensiver. „Weißt du, es ist ja nicht das Gras an sich, das das Problem ist. Also auf der Erde, meine ich. Es ist die Gier der Menschen, die sie nicht aufhören lässt. Du zum Beispiel wärst nie in Versuchung gekommen, deswegen vor die Hunde zu gehen. Andere, so wie ich ..." Zur Bekräftigung tippte sie sich mit einem Zeigefinger gegen die Brust. „... also Menschen wie ich, haben es da schwerer. Wenn dann noch ein paar alte Verletzungen dazukommen, ist das Kind schon fast in den Brunnen gefallen." Für einen Moment verdunkelte Trauer ihren Blick.

„Oh ..." Ryan wusste nicht, was er sagen sollte. Sein durchgeknallter Schutzengel hatte offenbar noch andere, tiefere Seiten.

„Ach, Schwamm drüber." Sie schüttelte ihre Wallemähne, als wollte sie alles Negative von sich werfen.

„Dann gib her!" Er streckte die Hand aus. Sie hatte ja Recht. Schaden konnte ihm nichts mehr.

Ihre gute Laune kehrte prompt zurück. Bereitwillig reichte sie ihm den Joint.

Vorsichtig inhalierte er. Das Kratzen im Hals, an das er sich bei seinem irdischen Drogenversuch erinnern konnte, blieb aus. Eher fühlte es sich angenehm weich in seiner Brust an. Bedächtig stieß er den Rauch wieder aus.

„Himmlisches Gras wirkt ausschließlich sanft", klärte Ava ihn auf. „Nebenwirkungen und Spätfolgen sind ausgeschlossen. Du kannst dich also ganz dem Erleben hingeben."

„Klingt gut. Das heißt ..." Weiter kam er nicht, da unterbrach sie ihn. „Pssst! Es geht weiter!"

Ryan blickte zur Bühne. Die Härchen auf seinen Armen stellten sich auf. Er traute kaum seinen Augen. Amy Winehouse hatte die Bühne geentert.

„Ich liebe sie!" Ava zog erneut an ihrem Joint und starrte gebannt auf die schwarzhaarige Frau, deren Haare kunstvoll aufgetürmt waren und die in einem sehr kurzen, schwarzen Kleid und atemberaubenden Highheels über die Bühne stöckelte. Durch die Menge ging ein ehrfurchtsvolles Raunen.

16. Laurie

Ein stürmischer Wind trieb den Regen seit dem Morgen gegen die Scheibe des Küchenfensters. Laurie saß am Tisch und starrte blicklos nach draußen. Inzwischen war es fast Mittag. Ein Caffè Latte stand unberührt vor ihr.

Wieder arbeiten gehen.

Seit Stunden versuchte sie, sich mit diesem Gedanken soweit vertraut zu machen, dass er in den Bereich der Möglichkeiten aufstieg. Alles in ihr sträubte sich dagegen. Trotzdem würde sie es tun müssen. Sie hatte es versprochen. Und Versprechen brach man nicht. Manche taten es, ohne mit der Wimper zu zucken. Sie nicht. Das hatte sie noch nie getan.

Sie seufzte tief, strich sich die Haare aus der Stirn und griff zum Glas. Der Latte war nur noch lauwarm. In kleinen Schlucken trank sie trotzdem weiter.

Warum konnte sie die verbleibende Zeit nicht einfach weiter vor sich hinvegetieren? Es war sowieso alles sinnlos. Die stupide Arbeit im Büro würde an ihrem Entschluss, Ryan zu folgen, ganz sicher nicht ändern. Sie stützte ihren Kopf schwer in beide Hände. In der letzten Nacht hatte sie einen seltsamen Traum gehabt. Sie war durch einen Wald gelaufen, ängstlich auf der Suche nach etwas, das sie verloren hatte. Sie wusste nicht, was das war. Wusste nur, dass sie es unbedingt wiederfinden musste. Sie war gerannt, immer schneller und immer panischer. Bis sie es schließlich fand. Ein Hundebaby, das zitternd hinter einem Baumstamm saß und ängstlich zu ihr aufsah. Im selben Moment war sie mit klopfendem Herzen aufgewacht. Sie hatte keine Ahnung, was dieser Traum bedeuten sollte, aber das war auch nicht wichtig. Sie hatte wirklich andere Sorgen, als komischen Träumen nachzuspüren.

Nach einer weiteren halben Stunde, die sie grübelnd am Küchentisch verbrachte, fasste sie einen Entschluss.

Sie stand auf, ging ins Wohnzimmer und nahm ihr Handy, das auf dem Tisch lag. Jessy ging nach dem zweiten Klingeln ran.

„Hey, passt es dir, wenn ich heute vorbeikomme, um mich für den Frühling neu einzukleiden?"

17. Ryan

Das himmlische Konzert hatte durch Amy Winehouse's Auftritt deutlich Fahrt aufgenommen.

Hingerissen lauschte die Menge den Klängen von Back to black. Als sich das Lied dem Ende neigte, erklang Amys Stimme ein letztes Mal. „... and I go back to gold". Sie lächelte selig, verbeugte sich und rief „I love you all!" Dann verschwand sie in einem goldenen Nebel.

„Mach den Mund zu, Sweetie!" Ava knuffte Ryan in die Seite. Ihm wurde bewusst, dass er tatsächlich mit offenem Mund dagestanden und die grandiose Show-Einlage bewundert hatte.

„Back to gold ...?", wiederholte er fragend.

„Klar, sie verschwindet direkt wieder nach ganz oben, wo sie hingehört. Das himmlische Wesen war nicht gemacht für die raue Welt unten. Ihren Auftrag, die Menschen mit ihrer göttlichen Stimme zu begeistern, hatte sie erfüllt. Deshalb durfte sie natürlich sofort wieder dahin zurück, wo sie hergekommen war. Genauso wie er." Ava deutete auf die Bühne.

Ryan lief ein Schauer über den Rücken, Gänsehaut überzog seine Arme.

Die Musiker begannen zu spielen, und Kurt Cobain stimmte Come as you are an. Kurt Cobain! Seine unvergleichliche Stimme sorgte für Jubellaute bei den

Zuhörern. Ryans Körper vibrierte, und in seinem Magen schien Brausepulver zu explodieren, das pures Glück in jede Zelle transportierte. Er hatte keine Ahnung, ob der Joint dafür verantwortlich war oder die Tatsache, dass er in dieser großartigen Kulisse die größten Musiker aller Zeiten feiern durfte. Nur eins fehlte ihm zur vollkommenen Glückseligkeit: Laurie. Für einen Moment ebbte sein Hochgefühl ab. Dann stellte er sich vor, dass er sie in seinen Armen hielt und sie sich gemeinsam im Takt der Musik bewegten. Das Herz weitete sich in seiner Brust, pulsierte im Takt der Klänge und war erfüllt mit reiner Liebe. Rote Funken sprühten von der Bühne in die Menge. Ryan hatte das Gefühl zu schweben. Er war eins mit allem, was um ihn herum war. Eins mit der Musik, eins mit den Anwesenden und eins mit den berauschenden Farben, die auf der Bühne immer wieder wechselten und auf geheimnisvolle Weise in jeden Einzelnen zu dringen schien und neue Empfindungen hervorrief. Ein schillerndes Moosgrün löste in Sekundenschnelle jeden Groll auf, den Ryan noch in sich spürte, weil er irrtümlich gestorben war. In diesem Moment spielte nichts mehr eine Rolle. Er hätte ewig in genau diesem Zustand bleiben können. Aber irgendwann beendete Kurt seinen Auftritt. „Hey guys, bleibt, wie ihr seid!"

Mit einem verschmitzten Lächeln warf er noch einige Luftküsse in die Menge und ging über den hinteren Rand von der Bühne ab.

Ryan sah ihm fassungslos hinterher. Er konnte es immer noch kaum glauben, dass er all diesen Legenden so nahe war.

Ava kicherte neben ihm. „Typisch Kurt. Er kann diesem sich-in-Luft-oder-goldenen-Nebel-Auflösen einfach nichts abgewinnen. Fand er immer schon albern."

Ryan nickte stumm. Nur langsam flaute der Gefühlscocktail in ihm etwas ab. „Wow, echt der Hammer!" Er holte tief Luft und wandte seinen Blick Ava zu. Sie sah ähnlich ergriffen aus wie er sich fühlte. Bei näherem Hinsehen meinte er sogar, Tränen in ihren Saphiraugen zu entdecken.

„Ja, die Konzerte sind hier immer eins der absoluten Highlights. Ich bin wirklich froh, dass der Engelrat das erlaubt hat. In deinem Fall war ich nicht so sicher, aber glücklicherweise ist der Antrag ohne Beanstandung durchgegangen." Nachdenklich nahm sie einen Zug von ihrem Joint, der inzwischen gefährlich klein geworden war.

„Ich bin auch froh." Ryan lächelte. „Danke."

„Gern geschehen!" Ava lächelte zurück. „Übrigens ist jetzt Pause, die möchte ich gerne nutzen, um dir jemanden vorzustellen." Sie nahm seinen Arm und zog ihn durch die Menge, die bereitwillig Platz machte. Ava stoppte erst, als sie am Strand angekommen waren. Ryan sah sich interessiert um. Es schien derselbe Strand zu sein, an dem er sich sonst alleine aufhielt. Allerdings musste es sich um einen anderen Bereich handeln, da hier etliche Grüppchen beisammen saßen, die meisten um diverse Lagerfeuer verteilt. Andere schlenderten über den schneeweißen Sand, alleine oder zu zweit.

„Wo sind wir hier?", fragte er leise. „Sind das alles Menschen wie ich, die unten noch etwas zu erledigen haben?"

Ava lachte amüsiert. „Oh nein, das sind keine Menschen."

„Sondern?" Er sah sie überrascht an.

„Das sind meine Schutzengel-Kollegen."

In dem Moment fiel Ryan auf, dass es von überall erfreute Begrüßungsgesten in Avas Richtung gab. Zweifellos war sie beliebt.

„Interessant." Mehr fiel ihm nicht ein. Was sollte das nun wieder werden? Durfte er sich vielleicht einen anderen Schutzengel aussuchen? Aber das machte keinen Sinn, schließlich war er schon irrtümlich gestorben. Er hätte viel früher einen sorgfältigeren Schutzengel gebraucht. Es musste einen anderen Grund geben. Abwartend sah er zu Ava hinüber.

Ihr Blick glitt gerade suchend über die anderen Engel. Schließlich schien sie fündig geworden zu sein. Sie griff erneut nach Ryans Arm und deutete auf ein Lagerfeuer, um das eine Handvoll ihrer Kollegen saß. „Komm mit!" Sie setzte sich in Bewegung. Ihre Cowboystiefel pflügten durch den Sand und wirbelten weiße Wolken auf. Ryan beeilte sich, ihr zu folgen. Seine Neugierde war erwacht.

„Ava-Darling, wie schön!", schallte es so oder ähnlich vielstimmig aus der Gruppe, als sie dort ankamen. Ihre Kollegen sprangen auf, Ava wurde umarmt, geküsst und herumgereicht. Ryan stand unschlüssig daneben und musterte die Schutzengel unauffällig. Eins wusste er sofort: Er hatte mit Abstand den schrillsten erwischt. Diese Neuigkeit überraschte ihn allerdings wenig. Die anderen wirkten hingegen erstaunlich ... gewöhnlich. Er zögerte selbst bei dem Adjektiv. Ein treffenderes mochte ihm trotzdem nicht einfallen. Sie alle hätten genauso gut im Supermarkt an der Kasse vor ihm stehen können.

Nachdem Ava alle begrüßt hatte, stellte sie sich wieder neben Ryan. „Und das hier, Leute, ist mein Schützling, der tolle und einzigartige Ryan Parker! Durch ein kleines Missgeschick meinerseits …" Sie brach ab, kicherte verschämt und senkte den Blick wirkungsvoll nach unten. „ … musste der Gute leider vorzeitig nach oben reisen."

Ein verständnisvolles Murmeln ging durch die Gruppe.

Ryan war sicher, dass das Verständnis ausschließlich Ava galt. Überrascht stellte er fest, dass ihn das nicht störte, seine Wut auf sie konnte er kaum noch ausmachen. Vielleicht war seine Gelassenheit dem Joint und dem grandiosen Konzert geschuldet, und morgen würde er die Sache wieder anders sehen, aber in diesem Moment war sein tiefer innerer Frieden so allumfassend, dass er sogar seinen drallen kleinen Schutzengel mit einschloss.

„Jedenfalls dachte ich mir, dass das Konzert eine gute Möglichkeit ist, ihn ein wenig mit seinem Schicksal zu versöhnen", fuhr Ava fort. Das Strahlen, das ihr Gesicht erhellte, verfehlte seine Wirkung nicht. Alle hingen gebannt an ihren Lippen und nickten zustimmend.

„Du gibst immer dein Bestes", sagte ein junger Mann ernst, der wie die anderen im Schneidersitz um das Feuer saß. Mit beinah feierlichem Ernst sah er zu Ava hoch.

Ryan musterte ihn, und musste sich ein Schmunzeln verkneifen. Eigentlich sollte ihn das Äußere eines Schutzengels nicht mehr überraschen können, nachdem er seinen eigenen kennengelernt hatte. Dieser hier war jedenfalls das genaue Gegenteil von Ava. Ryan hätte wetten mögen, dass er Buchhalter in einer Zeit gewesen war, die schon viele Jahre zurücklag. Alles an ihm war akkurat. Von den sorgfältig geschnittenen Haaren, der Nickelbrille, durch die kluge braune Augen lugten, bis hin zum ordentlichen Anzug, dessen Farbe identisch mit seinen Augen war. Das Hemd, das er trug, war kariert und wies keine einzige Falte auf. Sein Alter war schwer zu schätzen, er gehörte zu jenen Typen, die zwar schon in jungen Jahren älter wirkten, deren Aussehen sich dafür aber jahrzehntelang nicht weiter veränderte. Er war umgeben von einer Aura der Ernsthaftigkeit, Ryan meinte sogar, eine Spur Traurigkeit wahrzunehmen. Sein Blick glitt zu Ava, die vor Leben und guter Laune nur so strotzte. Wenn er zwischen beiden wählen müsste, würde er tatsächlich lieber sie als persönlichen Schutzengel behalten. Trotz bewiesener gelegentlicher Unfähigkeit.

„Danke, lieber Peter." Ava strich ihrem Kollegen liebevoll über die dunkelblonden, sanft gewellten Haare und bedachte ihn mit einem langen Blick. Schließlich wandte sie sich wieder an Ryan.

„Darf ich vorstellen: Mein guter Freund Peter! Er ist der Schutzengel deiner Frau."

Ryan schnappte nach Luft. Das war Lauries Schutzengel? Ungläubig irrte sein Blick zwischen dem ernsten Antlitz des männlichen Engels und dem fröhlichen von Ava hin und her.

Peter transportierte eine ähnliche Lebensfreude wie ein Betonpoller. Wie um Himmels Willen sollte dieser

Trauerkloß Laurie dabei helfen, ins Leben zurückzufin-
den?

18. Laurie

Die Zwei-Wochen-Schonfrist, die sie bei Steve hatte aushandeln können, war heute abgelaufen. Es war weniger die Zusage, die sie ihrem Boss gegeben hatte, als vielmehr das Versprechen, das sie Ryan gegenüber verpflichtete, warum sie nun hier stand. Ryan wollte, dass sie wieder ein normales Leben aufnahm. Sie musste kurz auflachen, ein normales Leben … Das heisere Geräusch glich dem Quietschen einer verrosteten Stahltür und ging unter im morgendlichen Trubel der 48. Straße. Laurie blickte an dem gläsernen Gebäude hinauf. Im 32. Stock wartete ihr Schreibtisch auf sie. Und Steve. Und ihre Kollegen. Nichts davon war angetan, ihr den Schritt durch die Schwingtür zu erleichtern. Sie blickte an sich hinunter. Das schwarz-weiß gemusterte Kleid war zwar schlicht und businesstauglich, aber es würde nicht aus Jessys Kollektion stammen, wenn es nicht ein besonderes Detail hätte. In diesem Fall war es der raffinierte, wenn auch nicht besonders tiefe Ausschnitt, der das Kleid zu etwas Außergewöhnlichem machte. Kombiniert mit Schwindel erregend hohen Stiefeln, die ihr mehr Größe verliehen, als ihre von der Natur mitgegebenen 1,57 Meter und einem Make-up, das einen gesunden, ebenmäßigen Teint vorgaukelte, hatte der Blick in den Spiegel Laurie am Morgen versichert, dass sie wie eine normale junge Frau auf dem Weg zur Arbeit aussah.

Auf Drängen von Rose und Jessy war sie vor ein paar Tagen endlich beim Arzt gewesen. Das Antidepressvum wirkte bislang nicht. Aber das hatte Dr. Collister prophezeit. Es würde seine Zeit brauchen, bis das Mittel eine Verbesserung erkennen ließe. Laurie hatte artig genickt. Sie wusste es besser. Keine Tabletten der Welt würde den Schmerz lindern können und erst recht konnte nichts die Leere füllen, die Ryan hinterlassen hatte. Ryan. Für ihn alleine straffte sie jetzt die Schultern und ließ sich durch die Drehtür ins Innere des hochmodernen Gebäudekomplexes katapultieren. Eine vollkommen fremd anmutende Welt. Stylische Kargheit mit viel Glas und Chrom empfing den Besucher, die laut ihres Chefs der Garant für lebendige Kreativität war. Seit zehn Jahren arbeitete sie hier, um ihr Geld zu verdienen. Anfangs hatte sie den größten Teil an Rose weiterzugeben. Später, als sie ihre eigene kleine Wohnung bezog, bezahlte sie davon die Miete und bestritt ihren Lebensunterhalt. Eine kleine Unterstützung für Rose hatte sie trotzdem jeden Monat abgezweigt, Roses Widerspruch geflissentlich überhörend. Nach den Jahren, in denen ihre Mutter alles getan hatte, damit Laurie eine sorgenfreie Kindheit erleben durfte, konnte sie nun endlich davon etwas zurückgeben. Rose hatte schließlich auch immer alle Jobs angenommen, die sie bekommen konnte.

Laurie holte tief Luft und wandte sich Richtung Fahrstuhl. Der Weg führte sie am Empfang vorbei. Dankbar registrierte sie, dass Ann, die dort als erste Anlaufstelle schon seit vielen Jahren tätig war, gerade in ein Telefonat vertieft war. Laurie nickte ihr knapp zu und eilte, den mitleidigen Blick der Empfangsdame ignorierend, weiter. Natürlich wusste absolut jeder Mitarbeiter der *See bigger* Werbeagentur, dass Laurie Parkers Ehemann gestorben war. Laurie schluckte den bitteren Geschmack im Mund hinunter. Sie hatte Steve gebeten, den Kollegen aufzutragen, dass niemand sie darauf ansprechen möge. Wahrscheinlich würden sich alle daran halten. Mitleidige Blicke hingegen konnte sie nicht verhindern.

Als sich die erste Tür einer der Fahrstuhlkabinen öffnete, schlüpfte Laurie zusammen mit anderen Wartenden rasch hinein. Sie vermied es, sich allzu genau umzusehen, hoffte, keine Kollegen aus ihrem direkten Umfeld jetzt schon zu treffen. Mit geradem Rücken und fest ineinander verknoteten Händen wartete sie angespannt, bis endlich die 32. Etage auf der Anzeigentafel aufleuchtete. Erleichtert verließ sie die nach teuren Parfums riechende Stahlkabine als eine der ersten. Wie ferngesteuert bewegte sie sich den Gang links hinunter, bis sie vor der Glastür stand, hinter der ihr Arbeitsplatz lag. *See bigger* prangte an dieser Tür wie an vielen anderen in dem riesigen Gebäude, das sich ihr Arbeitgeber mit nur einer Handvoll weiteren Firmen teilte. Die oberen Stockwerke gehörten ausnahmslos dazu.

Laurie holte tief Luft und öffnete die Tür.

Sie hatte es gewusst. Das Großraumbüro erschien ihr so fremd wie die ganze Stadt. Und so fremd wie die Kollegen, deren Köpfe sich jetzt teilweise in ihre Richtung drehten. Freundliche, besorgte, ängstliche Mienen, die alle dieselbe Unsicherheit ausdrückten. Wie gehen wir mit dir um? Laurie las die Frage so deutlich, wie sie spürte, dass sich ihr Pulsschlag um ein Vielfaches beschleunigte. Ihr Magen krampfte sich zusammen. Warum verlangte Ryan das von ihr? Wie konnte er nur glauben, dass es ihr besser ging, nur weil sie sich hierher schleppte? Dann schoss ihr ein Gedanke durch den Kopf, der sie kurz schwindelig machte. Er wusste es nicht. Er konnte es gar nicht wissen. Sie hatte es ihm niemals erzählt, wie ungern sie jeden Tag zur Arbeit ging. Sie war selbst so daran gewöhnt, dass sie es nicht für erwähnenswert hielt. Außerdem lag Jammern über Dinge, die nicht zu ändern waren, nicht in ihrer Natur. Das hatte Rose ihr vorgelebt, und sie hatte es ganz selbstverständlich übernommen.

„Guten Morgen." Ihre Stimme war überraschend fest. Sie nickte kurz in die Runde, ohne irgendjemanden direkt anzusehen, hob das Kinn und ging zu ihrem Schreibtisch, der glücklicherweise nicht weit von der Tür entfernt war. Die gemurmelten Antworten ihrer Kollegen mischten sich mit den üblichen Geräuschen eines Großraumbüros: Telefongesprächen, dem Zischen einer Espresso-Maschine und dem fast lautlosen Schnurren der Hightech-Drucker.

Lauries Kopf begann zu schmerzen. Sie stellte ihre Handtasche ab und setzte sich auf ihren Stuhl. Ihre Hand zitterte, als sie den PC anstellte. Aus den Augenwinkeln sah sie, dass ihre Kollegen eifrig dabei waren, sich ihrer Arbeit zu widmen. Nicht die Witwe anstarren! Steves Wort war Gesetz. Mit zusammengebissenen Zähnen öffnete sie ihr E-Mail-Programm. 1.200 Nachrichten. Ihre Kopfschmerzen verstärkten sich. Mit brennenden Augen starrte sie auf den Bildschirm. Sie hatte keine Ahnung, womit sie beginnen sollte. Oder was sie hier überhaupt machte.

„Laurie, wie schön!" Steve war unbemerkt aus dem hinteren Bereich, der sein luxuriöses Büro barg, an ihren Schreibtisch getreten. Er legte kurz eine Hand auf ihre Schulter und sah sie dann eindringlich an.

„Hi, Steve!" Laurie versuchte, ein Lächeln auf ihre Lippen zu zwingen. Sie ahnte, dass das Ergebnis kläglich ausfiel.

„Pass auf, Darling, wir freuen uns alle sehr, dass du wieder an Bord bist! Aber lass es für heute ruhig angehen, und mach heute Mittag Feierabend." Ein joviales Lächeln rundete seine untypische Großzügigkeit ab und erreichte die blassblauen Augen nicht. Schwungvoll strich er sich den langen Pony aus seinem gebräunten Gesicht. Nach einem kurzen Blick auf seine teure Designeruhr am Handgelenk zuckte er entschuldigend die Schultern. „Time is money, honey, ich muss mich aufs Meeting vorbereiten!" Die Duft-Wolke eines edlen Parfum hinterlassend, rauschte er zurück in sein Büro.

Laurie blieb versteinert zurück. Honey ... So durfte sie, verdammt noch mal, nur Ryan nennen! Vielleicht auch Jessy, aber nicht ihr Lackaffe von Chef! Das Blut schoss ihr ins Gesicht, und ihr Mund war unangenehm trocken.

„Laurie, hi ..."

Mit blitzenden Augen drehte Laurie den Kopf. „Jeff ..." Wut und Anspannung lösten sich. Die ruhige, sanfte Stimme ihres jungen Kollegen war Balsam nach dem Auftritt ihres Chefs. Mit seinen fünfundzwanzig Jahren entsprach Jeff dem Durchschnittsalter der Werbeagentur. Steve achtete darauf, ein möglichst junges Team um sich zu scharren. Er selbst war mit Anfang 40 mit Abstand der Älteste.

„Welcome back to hell." Jeff lächelte schief und berührte für einen winzigen Augenblick Lauries Arm. „Endlich wieder ein normaler Mensch! Ich freue mich sehr, dass du wieder da bist. Kaffee?"

„Sehr gerne." Laurie war gerührt von Jeffs Anteilnahme, die zwischen den Zeilen hervorlugte, und die geschickt um das Verbot kreiste, Lauries Verlust zu thematisieren. Dass er sie allerdings als normalen Menschen titulierte, entlockte ihr beinahe ein Lachen. Früher mochte er Recht gehabt haben. Aber das war in einem anderen Leben gewesen.

Dankend nahm sie die Tasse entgegen. Der Kaffee war schwarz, stark und heiß. Ob er ihr helfen würde, sich wieder in ihren Aufgaben zurechtzufinden, bezweifelte sie. Aber er würde sie einige Minuten näher an ihren Feierabend bringen. Und dann konnte sie schon fast wieder einen Haken an einen weiteren Tag machen. Einen weiteren sinnlosen Tag ohne Ryan.

19. Ryan

„Er hat sich umgebracht?" Ryan blieb abrupt stehen und wandte sich zu Ava um, die fast gegen ihn prallte. Zwischen seinen Augenbrauen erschien eine senkrechte Falte.

„Ja, Peter hat im falschen Leben festgesteckt, irgendwann hat er es nicht mehr ausgehalten." Sie schlenderte unbeeindruckt weiter. Die goldenen Plateau-Stiefelchen baumelten in ihrer Hand, während ihre kleinen Füße sich bei jedem Schritt in den feinen, weißen Sand gruben.

„Aber ..." Ryan schirmte seine Augen mit einer Hand vor der Sonne ab. „Warte!"

Sie drehte sich um und tänzelte auf der Stelle wie ein Jungpferd. „Er ist ein grundguter Kerl, der liebe Peter."

„Mag ja sein, aber wie kann ein Selbstmörder Schutzengel werden?"

„Warum denn nicht? Er ist eine gute Seele und absolut zuverlässig."

„Ja, das glaube ich ja. Aber er strahlt immer noch eine spürbare Traurigkeit aus. Das ist doch das Letzte, was Laurie gebrauchen kann." Er verzog das Gesicht. Zwei Wochen waren seit dem wundervollen Woodstock-Revival vergangen. Etwas von dem Frieden und der Leichtigkeit, die an dem Abend Einzug in ihn gehalten hatten, war ihm erhalten geblieben.

Nach dem Konzert hatte Ryan schon einmal mit Ava über Peter gesprochen, aber da hatte sie mit keinem Wort dessen Todesursache erwähnt. Ryans Frieden geriet ins Wanken. Laurie unter den Fittichen eines Selbstmörders. Er selbst vorzeitig verstorben durch Nachlässigkeit seines Junkie-Schutzengels. Was hatten sie eigentlich verbrochen, so ein himmlisches Personal bekommen zu haben?

„Er wird schon gut auf sie aufpassen", versuchte Ava ihn zu beschwichtigen. „Immerhin ist er zuverlässig, und anders als ich hat er noch nie, nie, niemals einen Fehler gemacht! Außerdem ist er nicht dafür da, ihre Stimmung zu beeinflussen. Soweit gehen unsere Aufgaben nicht."

„Wäre aber schön", murmelte Ryan unzufrieden. „Wieso dürfen Schutzengel eigentlich hier oben Party machen anstatt auf Erden ihrer Arbeit nachzugehen?"

„Ach, das ist kein Problem. Wir haben alle Dutzende von Vertretern, die sich dann um unsere Schützlinge kümmern."

„Schade, dass du am Neujahrsmorgen gerade keinen Vertreter hattest." Diesen Seitenhieb konnte er sich nicht verkneifen.

Sie rollte mit ihren Saphiraugen. „Jedenfalls ist Laurie bei Peter in den allerbesten Händen. Außerdem hat er mir zugesichert, uns auf dem Laufenden zu halten."

„Hm." Er fasste sich an die Schläfen. „Dann kann ja nichts mehr schief gehen."

„Gute Einstellung, lieber Ryan. Und die Ironie überhöre ich einfach mal." Sie streckte die Hände zum azurblauen Himmel und schloss für einen Moment die Augen.

Er wollte etwas sagen, überlegte es sich angesichts ihrer meditativen Haltung aber anders und seufzte nur lautlos.

„Es gibt übrigens schon Neuigkeiten von Peter." Ihre Augen waren noch immer geschlossen.

„Welche?" Sofort war er hellwach.

„Laurie hat heute angefangen zu arbeiten." Sie ließ die Arme sinken, öffnete die Augen und blinzelte ihn triumphierend an.

„Oh, das ist ja großartig!"

„Unser Ausflug nach unten war erfolgreich, du kannst stolz auf dich sein." Sie stellte sich auf die Zehenspitzen und klopfte ihm auf die Schulter.

„Meinst du, damit ist das Problem schon gelöst und sie wird wieder glücklich?" Skeptisch sah er sie an.

„Nein, aber es ist der erste Schritt hinaus aus ihrer Isolation, und die akute Gefahr, dass sie sich umbringt, ist erstmal gebannt. Ein Schritt nach dem anderen, das wird natürlich ein längerer Prozess, aber der Anfang ist gemacht, Sweetie."

Ryan nickte zögernd. Natürlich. Er konnte nicht erwarten, dass Laurie innerhalb von Tagen wieder vor Leben sprühte. Vermutlich hatte Ava Recht. Erstmal ging es nur darum, dass Laurie überhaupt weiterlebte. „Was war denn eigentlich genau mit Peter? Warum hat er Selbstmord begangen?"

„Der arme Peter war Buchhalter."

„Das überrascht mich wenig, genau so sieht er auch aus. Aber wo war das Problem? Buchhalter ist doch kein schlechter Beruf."

„Nein, das nicht." Sie wiegte nachdenklich ihren Kopf und sah mit einer gewissen Wehmut übers Wasser.

Er wartete still, dass sie weiter sprach.

„Dafür war er aber nicht bestimmt.“

„Sondern?“

„Im Herzen ist Peter Musiker.“

„Musiker?“ Ryan sog überrascht die Luft ein und konnte sich ein Grinsen nicht verkneifen. „Er sieht aber schon eher wie ein Buchhalter aus ...“

„Das war Teil seines Problems. Zum einen hat er sich so damit identifiziert, Buchhalter zu sein, dass sich Kleidungsstil und Auftreten automatisch entwickelt haben. Zum anderen hat er sich nie zugetraut, seinen Traum zu leben. Er hatte stets das Gefühl, in der Musik nicht gut genug zu sein. Zahlen gaben ihm diese Sicherheit. Ob er richtig gerechnet hatte, ließ sich ja ganz einfach feststellen. Im Kreativen wie in der Musik wird es da schon schwieriger, die Qualität zu messen.“

Ryan nickte langsam. „Ich glaube, ich weiß, was du meinst. Am Anfang meiner Selbstständigkeit war ich auch unsicher, ob das, was ich da zusammenbaue, den Leuten gefallen wird, und ob ich davon leben kann. Aber mein Wunsch, mit Holz zu arbeiten war einfach so groß, dass ich es probieren musste. Und ich hatte das Glück, dass ich sehr schnell interessierte Kunden gefunden habe.“

„Genau, jeder sollte versuchen, seinen Traum zu leben. Alles andere macht unglücklich. Und kann im extremsten Fall wie bei Peter sogar dazu führen, jeden Lebenssinn zu verlieren.“

Ryan blickte Ava an und war wieder einmal überrascht, wie ernsthaft sie manchmal sein konnte.

„Laurie muss auch wieder einen Sinn in ihrem Leben finden.“ Seine Stimme war leise, melancholisch.

„Was war denn ihre Lebensaufgabe?" Ava sah ihn aufmerksam an.

„Nun ..." Er brach ab, sein Blick schweifte über den weiten, weißen Strand, tastete über die spiegelglatte Oberfläche des blaugrünen Wassers. Dann hob er hilflos die Schultern. „Ich weiß es nicht genau. Laurie war einfach glücklich, wenn wir zusammen waren. Sie hat sich auf die Zukunft gefreut, irgendwann wollten wir ein Haus auf dem Land bauen und eine Familie gründen."

Sie nickte langsam. „Für manche ist das ihre Lebensaufgabe."

Ihm wurde klar, dass er sich diese Frage nie gestellt hatte. War Lauries einzige Lebensaufgabe der Familientraum? Er hatte keine Ahnung. Ratlos sah er Ava an. Ein Ziehen in der Magengrube machte ihm bewusst, dass er verpasst hatte, mit seiner Frau darüber zu sprechen.

Sie tätschelte beruhigend seinen Arm. „Mach dir keine Sorgen, Ryan Parker. So oder so kriegen wir es schon hin, dass deine Laurie wieder glücklich wird."

Er schluckte mühsam. Ja, das wollte er. Laurie sollte wieder glücklich sein. Ohne ihn. Den Schmerz, den das nach wie vor bei ihm auslöste, würde er auch noch in den Griff bekommen.

Er wandte sich ab und wischte unauffällig Tränen aus seinen Augenwinkeln. Als er eine kleine Hand auf seinem Rücken spürte, die sanft darüber strich, wusste er, dass er seinem Schutzengel nichts verheimlichen konnte.

20. Laurie

Erleichtert warf Laurie die Wohnungstür hinter sich ins Schloss und lehnte sich dagegen. Sie hatte es tatsächlich geschafft. Der erste Arbeitstag lag hinter ihr, auch wenn es erst früher Nachmittag war. Sie hängte ihren Mantel an die Garderobe und zog die Stiefel aus. Ihre Kopfschmerzen waren im Laufe des Vormittags immer stärker geworden und sie hatte das Gefühl, dass ihre Stirn sich in eine nicht umkehrbare Faltenlandschaft verwandelt hatte. Ein Blick in den Spiegel zeigte ihr, dass es doch nur ein Gefühl war. Lediglich der Ausdruck in ihren zusammengekniffenen Augen drückte den Schmerz aus. Seufzend schlich sie in die Küche und warf zwei Aspirin in ein Glas. Das zischende Geräusch, das das Wasser aus dem Hahn auf den Tabletten verursachte, schmerzte zusätzlich. Vermutlich hallte das Geräusch in ihrem Kopf zehnmal so laut wieder, wie es tatsächlich war. Sie verzog das Gesicht und stürzte das Gebräu in einem Zug hinunter. Ihr Magen krümmte sich zusammen, während sie ins Wohnzimmer wanderte. Unschlüssig stand sie dann im Raum, sah auf die Uhr auf der Anrichte. 14.30 Uhr. Feierabend. Ihr erster Arbeitstag kam ihr jetzt schon surreal vor. Hatte sie es wirklich getan? War sie im Büro gewesen und hatte gearbeitet so wie früher? Sie schüttelte den Kopf. Was sollte sie nun mit ihrem Feierabend anfangen? Bis heute Morgen hatte sie die Tage auschließlich mit nichts gefüllt. Es gab nur wenige Ausnahmen, wenn Jessy es schaffte, sie vor die Tür zu locken. Die Gelegenheiten waren selten und sie änderten nie etwas an ihrer tiefen Überzeugung: Ein Leben ohne Ryan war sinnlos!

Ihr Blick schweifte durchs Wohnzimmer, blieb an dem kleinen Schrank in der Ecke vorm Fenster hängen. Dort drinnen bewahrte sie ihre Fotoalben auf. Seltsam, es war das erste Mal, seitdem Ryan fort war, dass sie auf die Idee kam, sich die Fotos anzuschauen. Sie ging langsam auf den Schrank zu. Ihre Kehle schnürte sich zusammen und ihre Hand bebte, als sie die Schranktür öffnete. Dann hielt sie das in rotes Leder gebundene Album in den Händen. Der vertraute Geruch trieb ihr die Tränen in die Augen. Sie betrachtete es, unschlüssig, was sie damit tun sollte. Schließlich nahm sie das Album mit ins Schlafzimmer und setzte sich dort aufs Bett. Hier, wo in den Wänden das Glück vergangener Tage gespeichert war, würde sie es wagen, sich ihre Hochzeitsfotos ansehen.

21. Ryan

Nachdenklich blickte Ryan in die zuckenden Flammen des Lagerfeuers, um das sie zu dritt im Halbkreis saßen. Zu Ryans Überraschung hatte Ava Peter für heute Abend eingeladen.

„Wir grillen ein paar Würstchen und Brot, dazu gibt es ein paar Flaschen Rotwein, und Peter und du werdet im Handumdrehen gute Freunde sein." Ava hatte gelacht, einen kleinen Tanz aufgeführt und begeistert in die Hände geklatscht. Ryan hatte resigniert genickt. Gegen Avas Pläne war er ohnehin machtlos. Aber wollte er wirklich den Trauerkloß von Buchhalter näher kennenlernen, der auf Erden für Lauries Schutz zuständig war? Er fühlte sich hin- und hergerissen. Was, wenn sein erster Eindruck richtig war, und Peter allenfalls dafür taugte, Lauries Lebensmüdigkeit zu verstärken? Unauffällig äugte Ryan zu dem Schutzengel hinüber.

Hoch konzentriert hielt Peter den Spieß mit der Schinkenwurst übers Feuer. Seine hohe Stirn lag in Falten und bis auf eine höfliche Begrüßung hatte er bislang noch kein Wort gesprochen. Dafür hatte Ava umso mehr geplaudert. Das an Woodstock angelehnte Konzert beschäftigte sie noch immer, und ihr Mund stand kaum still. Ryan hatte ihr nur mit halbem Ohr zugehört. Seine Gedanken waren wieder einmal bei Laurie auf der Erde.

„Guten Appetit, ihr Süßen!" Ava zog ihren Spieß aus dem Feuer, pustete hastig auf das Würstchen und biss gleich darauf krachend hinein.

„Hm, lecker", nuschelte sie selig. „Ist es nicht grandios, dass wir nicht essen müssen, es aber jederzeit können?"

Peter nickte ernsthaft. „Da stimme ich dir absolut zu, Angie." Er zog langsam seinen Spieß aus dem Feuer und pustete ebenfalls, im Gegensatz zu Ava allerdings sehr sorgfältig.

Angie? Überrascht sah Ryan zu Ava. Sie zwinkerte ihm unauffällig zu. Er würde sie später fragen, ob das die wenig originelle Koseform von Angel war. Vermutlich. Er zuckte die Achseln und kümmerte sich um seine Bratwurst. Eine Weile kauten alle schweigend, unterbrochen wurde die Stille nur von gelegentlichen Lauten der Wonne, die Ava verzückt von sich gab.

„Ist es nicht himmlisch, so ein spontaner Grillabend mit guten Freunden am Strand?", fragte Ava, nachdem sie ihr Würstchen in Windeseile verputzt hatte. Genüsslich leckte sie ihre Finger ab.

Ryan und Peter nickten.

„Nachschub?" Avas Augen blitzten fröhlich.

Wieder zustimmendes Nicken.

„Na gut, weil ihr es seid." Sie lachte, und zauberte aus einem Korb hinter sich drei weitere Würstchen. Außerdem verteilte sie handlich kleine Baguettes, die nach Knoblauch dufteten.

Das Zischen des Fetts, das ins Feuer tropfte, war für eine Weile das einzige Geräusch.

Wieder sah Ryan unauffällig zu Peter. Schließlich überwand er sich. „Und du kümmerst dich um meine Laurie?" Er hörte selbst die Skepsis in seiner Stimme.

Peter nickte eifrig und sah Ryan an. „Ja, sie ist ein tolles Mädchen."

„Ich weiß." Ryan klang wie ein schlecht gelaunter Kettenhund.

Peter schien unbeeindruckt von Ryans schroffer Art.

„Geht sie denn jetzt gerne zur Arbeit?" Ryans Blick durchbohrte sein Gegenüber.

Peters braune Augen verdunkelten sich. „Nun", er brach ab und räusperte sich. „Es ist schwer für sie", fuhr er leise fort. „Sie mag ihren Job ja nicht besonders."

Ein Stich ging durch Ryans Herz. Wieder hatte er das Gefühl, zu Lebzeiten etwas Elementares versäumt zu haben.

„Jedenfalls ist sie fest entschlossen, das Versprechen, das sie dir gegeben hat, zu halten." Peters Lächeln sollte vermutlich aufmunternd sein. Er erinnerte Ryan allerdings eher an einen Clown, dessen eigene Traurigkeit nicht gänzlich versteckt werden konnte.

„Ich weiß nur zu gut, was es heißt, einer Arbeit nachzugehen, die überhaupt nicht zu einem passt." Peter rückte seine Nickelbrille zurecht und betrachtete nachdenklich sein Baguette.

Ryan tauschte einen Blick mit Ava. Unbeeindruckt blinzelte sie ihm zu und biss hingebungsvoll in ihr Brot. Krümel verteilten sich um ihren Mund.

Ryan schüttelte den Kopf. Es musste irgendetwas passieren, damit es Laurie endlich besser ging! Er konnte doch nicht einfach hier herumsitzen und nichts tun!

„Was machen wir denn jetzt?" Sein Blick war fest auf Ava gerichtet. Er glaubte nicht, dass Peter viel tun konnte.

„Es braucht Zeit", antwortete Peter, obwohl die Frage nicht an ihn gerichtet gewesen war.

„Zeit!" Ryan legte sein Baguette auf einer Serviette ab. Ihm war der Appetit vergangen. „Ich will aber, dass es meiner Frau jetzt besser geht." Er verschränkte die Arme vor der Brust und starrte wütend in die züngelnden Flammen. Ihm war klar, dass er wie ein quengelndes Kleinkind klang, aber das war ihm egal. Immerhin ging es um Laurie.

„Lieber Ryan Parker, du bist zu ungeduldig. Trauer braucht nun mal ihre Zeit", sagte Ava sanft.

„Sie müsste nicht trauern, wenn du deinen Job gemacht hättest anstatt dich mit Schokomuffins vollzustopfen." Er funkelte sie böse über das Feuer hinweg an. Der ganze Groll, den er zwischenzeitlich überwunden geglaubt hatte, überrollte ihn wieder wie eine Lawine. Wortlos sprang er auf und marschierte Richtung Meer, das ihn in einem faszinierenden Dunkelgrün anlockte. Es sah aus, als tanzten unzählige Diamantsplitter auf dem Wasser, angestrahlt von Millionen Sternen am Firmament. Gebannt blieb er stehen. Die Schönheit im Vorhimmel war absolut beeindruckend. Ryan fragte sich, wie toll es erst im richtigen Himmel sein mochte. Dann fiel ihm ein, dass er dort keine Verbindung mehr zu Laurie haben würde. Ein Schauer lief trotz der warmen Nacht über seinen Rücken. Wenn sie wieder glücklich war, müsste er sie loslassen und weitergehen. Tränen stiegen ihm in die Augen. Die Wut auf Ava verschwand so schnell wie sie gekommen war. Zurück blieb das Gefühl eines unendlichen Verlusts. Er atmete tief durch und setzte sich in Bewegung.

Langsam ging er über den weichen Sand, der seine nackten Füße umschmeichelte. Nach einer Weile drehte er sich um. Das Lagerfeuer war nur noch als glühender Punkt in der Ferne auszumachen. Mit einem Mal tat es ihm leid, die beiden Schutzengel einfach ohne Erklärung sitzen gelassen zu haben. Er entschied sich umzukehren. Vielleicht wäre es doch ganz gut, wenn er noch weiter mit Peter reden würde. Dann kam ihm ein anderer Gedanke. Er könnte versuchen, Ava zu überreden, ihn erneut zu Laurie reisen zu lassen. Euphorie löste das Verlustgefühl augenblicklich ab. Schnellen Schrittes machte er sich auf den Rückweg.

Als er atemlos ankam, hörte er das glockenhelle Lachen von Ava und – etwas verhaltener und tiefer, aber genauso fröhlich – das von Peter. Sie saßen dicht nebeneinander und hatten die Köpfe zusammengesteckt. Ihre Unterhaltung konnte Ryan nicht verstehen, die Stimmen waren gesenkt. Unschlüssig blieb er stehen. Mit einem leisen Hüsteln versuchte er, auf sich aufmerksam zu machen. Keine Reaktion. Er hüstelte erneut, lauter diesmal.

„Oh, mein lieber Ryan ist zurück! Wie schön." Ava strahlte ihn an und blieb unverändert dicht bei Peter, dessen Miene sofort ernster wurde. Die beiden sehen fast aus wie ein Liebespaar, schoss es Ryan durch den Kopf. Er war verblüfft. Sein durchgeknallter Schutzengel verliebt in ... einen Buchhalter? Er musste schmunzeln. Aber vielleicht irrte er sich ja auch.

„Ja, bin zurück", brummte er.

„Möchtest du auch einen Rotwein?“ Ava hob das Kristallglas, in dem ein sattes Dunkelrot schimmerte. „Ich schwöre, du hast in deinem ganzen Leben noch keinen besseren getrunken.“

„Klar.“ Ryan setzte sich wieder ans Feuer, zog die Knie an und kreuzte die Beine. Dankend nahm er das Glas entgegen. „Tut mir leid, dass ich eben einfach weggelaufen bin ...“

Ava winkte großzügig ab. „Nun bist du ja wieder da.“

„Wir trinken auf Laurie“, sagte Peter feierlich.

Prompt spürte Ryan einen Kloß im Hals. Er räusperte sich. „Ja, auf Laurie und darauf, dass es ihr bald besser geht.“ Seine Stimme war heiser und für einen Moment musste er sich sammeln. Dann hielt er sein Glas hin und beide Schutzengel stießen mit ihm an.

Ryan nahm einen großen Schluck. „Wow“, entfuhr es ihm ehrfürchtig. „Der Wein ist ja wirklich großartig.“

„Na klar, hab ich doch gesagt. Die Rebe kommt vom himmlischen Südhang und ist die beste Sorte im ganzen Universum.“ Mit wenigen Schlucken leerte Ava ihr Glas und schenkte sofort nach.

Ryan überlegte, ob es für sein Anliegen hilfreich sein könnte, wenn Ava gleich einen kleinen Schwips haben würde. Dann fiel sein Blick auf Peter, der nur an seinem Wein nippte. Mit hoher Wahrscheinlichkeit würde er nüchtern bleiben. Ryan entschied, dass der Zahlenmensch, ob nüchtern oder nicht, ihm vermutlich sowieso keine Hilfe war. Ryan trank einen weiteren Schluck, der samtweich seine Kehle hinablief und einen wunderbar fruchtigen Geschmack auf seiner

Zunge entfaltete. Nach einem Moment des Genießens gab er sich einen Ruck.

„Ich würde gerne Laurie noch einmal besuchen." Seine Stimme war fest, sein Blick, den er auf Ava haftete, ebenfalls.

Sie lachte beschwingt. „Oh nein, Sweetie, das halten wir für keine gute Idee."

„Wir?" Ryans Blick schnellte misstrauisch zu Peter.

„Peter hatte die gleiche Idee, wir haben das eben diskutiert, sind aber zu dem Schluss gekommen, dass es momentan einfach nicht gut wäre."

Ryan schnappte nach Luft. Überrascht musterte er Lauries Schutzengel. Mit einem Mal fand er ihn gar nicht mehr so spießig. Er hätte sogar sein Verbündeter werden können. Aber dummerweise war sein eigener kleiner, aber willensstarker Schutzengel anderer Meinung, und so hatten sie vermutlich auch zu zweit keine Chance. „Warum nicht?" Er wollte wenigstens eine Erklärung hören, sich nicht ganz kampflos ihrem Willen beugen.

„Weil es ihre Sehnsucht nach dir nur noch größer macht, ganz einfach." Sie schob ihr Kinn vor. Der Ausdruck in ihren Saphiraugen zeigte unverhandelbare Entschlossenheit. Er wusste, dass er keine Chance hatte. Außerdem hatte er das schon selbst befürchtet. Er würde Laurie keinen Gefallen tun, wenn er noch einmal zu ihr reiste.

„Was schlägst du alternativ vor?", fragte er mutlos.

„Abwarten und Wein trinken." Sie lachte vergnügt und schwenkte ihr Glas.

„Super." Ryan lehnte sich zurück und verzog das Gesicht.

„Wir haben aber einen anderen Vorschlag." Peter berührte kurz Ryans Arm und sah ihn auf seine zurückhaltende Art liebevoll an.

„Der wäre?"

„Du baust ein Holzhaus am Strand." Ava beugte sich vor. Begeisterung hatte die Entschlossenheit in ihren Augen abgelöst. „Das war doch mal dein Plan, ein Haus selbst zu bauen." Sie warf die Hände gen Himmel.

„Ja, das war mal der Plan. Ein Holzhaus auf dem Land. Für Laurie ..." Seine Stimme brach. Gedankenverloren ließ er Sand durch seine Finger rieseln. „Aber was soll das jetzt noch bringen?", fragte er nach einer Weile.

„Du kannst zumindest einen Teil deines Traums noch realisieren." Peter sah ihn über den Rand seines Weinglases mitfühlend an.

Ryan überlegte. Eine gewisse Verlockung hatte die Idee. Immerhin hätte er eine Aufgabe, und alles war besser, als untätig darauf zu warten, dass Laurie nicht mehr so traurig war. Er nickte zögernd. „Also gut, ich mache es."

Ava stieß einen Jubelschrei aus und streckte eine Hand aus, die Peter abklatschte. Ryan hatte das dumme Gefühl, gerade manipuliert worden zu sein.

22. Laurie

Es war keine gute Idee gewesen, Jessy von ihrem Traum zu erzählen. Nur deshalb standen sie jetzt beide in dem zugigen Gang des städtischen Tierheims. Lauries Frühstück hatte sich in ihrem Magen zu einem Klumpen geformt, der einen drückenden Schmerz verursachte. Lautes Gebell und schrilles Weinen hallte zwischen den Betonwänden wider. Langsam setzten Jessy und sie sich in Bewegung, wanderten an den Zwingern entlang. Laurie zitterte, und sie wusste, dass das nicht alleine von der Kälte kam. Noch nie hatte sie so viel geballte Verzweiflung und Hoffnungslosigkeit gesehen. Sie sah zu Jessy hinüber, die die Schultern hochgezogen und über deren Gesicht sich ein Ausdruck des Entsetzens gelegt hatte.

„Schrecklich", wisperte Jessy.

„Ja." Laurie blieb vor einem braunen Labrador stehen, der sie mit einem Blick ansah, der ausdrückte, dass er rein gar nichts mehr vom Leben erwartete. Schnell wandte sie sich ab. Zu deutlich spiegelte sich ihre eigene Hoffnungslosigkeit in seinen Augen.

„Du könntest einen von ihnen retten." Jessy war bei dem Labrador stehen geblieben. „Ihn hier zum Beispiel, er heißt Paul." Schon streckte sie die Hand durchs Gitter, was der Hund ignorierte.

„Ich glaube nicht …" Laurie sah starr geradeaus.

„Steve lässt bestimmt mit sich reden, dass er mit ins Büro darf. Oder ich nehme ihn tagsüber mit in den Laden."

Laurie schüttelte den Kopf. „Es geht nicht." Einen weiteren Blick auf Paul vermeidend, wandte sie sich in die Richtung, aus der sie gekommen waren. Das Herz flatterte wie ein eingesperrter Vogel in ihrer Brust, und das Atmen fiel ihr schwer. „Ich muss hier raus", murmelte sie und floh zur Ausgangstür. Wie könnte sie einer dieser verlorenen Seelen Hoffnung auf ein schönes Leben machen, die sich auf keinen Fall erfüllen würde? Es war ein Fehler gewesen, mit Jessy hierher zu kommen. Bevor ihr Leben aus den Fugen geraten war, wäre es in dem Moment, wo sie in die Augen eines todunglücklichen Pauls gesehen hätte, um sie geschehen gewesen. Und mit Ryan an ihrer Seite, wäre sie ganz sicher nicht ohne einen Hund aus diesem Tierheim herausgekommen. Es hätte Paul sein können, auf den ihre Wahl gefallen wäre. Laurie schluckte trocken. Die Vorstellung, Paul nach Hause mitzunehmen und zu sehen, wie ein Leuchten irgendwann das abgrundtief Traurige aus seinen Augen verbannte, war wunderbar. Aber das wäre nur zusammen mit Ryan möglich gewesen. Für sie war die Zeit auf der Erde begrenzt, da konnte sie nicht die Verantwortung für ein anderes Wesen übernehmen. So gerne sie es in ihrem früheren Leben getan hätte, aber nun war es dafür zu spät. Die Klinke der Tür war eiskalt, als Laurie sie berührte. Mit einem Ruck öffnete sie die Tür und stolperte tränenblind nach draußen.

23. Ryan

Die ersten Wände standen. Ryan hatte die Hände in die Hüften gestemmt und begutachtete sein Werk kritisch. Noch war nicht viel zu erkennen, aber er wusste genau, wie sein Haus aussehen würde, wenn er mit der Arbeit fertig wäre. Seit dem Moment, als Ava ihm stolz die Baustelle gezeigt hatte, pulsierte eine fieberhafte Erregung in ihm. Sämtliches Material, das er benötigte, hatte sie herbeigeschafft. Vermutlich reichte ihr ein Fingerschnippen, und das Gewünschte stand zur Verfügung. Ryan hatte nicht weiter nachgefragt; die himmlischen Gesetze, nach denen hier alles funktionierte, überstiegen seine Vorstellungskraft. Viel lieber beschäftigte er sich mit Dingen, mit denen er sich auskannte und die ihm am Herzen lagen. Etwas mit den eigenen Händen zu bauen war schon immer das gewesen, was er am liebsten tat. Er liebte den unverkennbaren Holzgeruch und beim Tischlern vergaß er alles um sich herum.

Das klappte jetzt noch nicht so ganz. Zu viel ging ihm durch den Kopf. Neben den Plänen für das Haus, die er in dieser Größenordnung noch nie umgesetzt hatte, musste er auch immer wieder an Laurie denken. Sah sie in der Werbeagentur sitzen, wo sie sich von Steve herumkommandieren ließ. Seitdem ihm klar geworden war, dass sie dort viel unglücklicher war, als er es je vermutet hätte, war er nicht mehr sicher, ob es richtig gewesen war, sie dorthin zu scheuchen. Im ersten Moment war er froh gewesen, sie nicht mehr Tag für Tag verstört in der Wohnung zu wissen. Aber seit seinem Gespräch mit Peter war er nachdenklich geworden. Was würde Laurie glücklich machen?

Er wischte sich den Schweiß von der Stirn und griff zur nächsten Holzlatte. Er musste einsehen, dass er keine Ahnung hatte. Laurie war immer glücklich gewesen, wenn sie mit ihm zusammen war, und das war das Einzige, was für ihn gezählt hatte. Er konnte doch nicht ahnen, dass sich das schlagartig ändern würde ... Der altvertraute Groll drückte kurz Ryans Magen zusammen. Er holte tief Luft und konzentrierte sich wieder auf seine Arbeit. Das Haus. Es musste fertig gebaut werden. Auch wenn Ryan keine Ahnung hatte, wofür es gut war, wurde er das Gefühl nicht los, dass es eine Bedeutung hatte.

„Sweetie!"

Ryan schrak zusammen und ließ beinahe den Hammer fallen, den er in der Hand hielt.

„Ich bin es doch nur." Ava lachte vergnügt, verschränkte die Hände im Nacken und begutachtete die Anfänge von Ryans Werk.

Er legte sein Werkzeug beiseite und wartete auf ihre Reaktion.

„Sieht schon gut aus." Sie blinzelte gegen das Sonnenlicht.

„Na ja, ich bin ja noch ganz am Anfang."

„Nicht mehr lange. Ich weiß, dass du schnell und gut arbeitest."

„Danke“, murmelte er. Nie im Leben hätte er es zuge-
geben, aber das Lob von seinem Schutzengel berührte
ihn überraschenderweise. Sein Blick wanderte an ihr
hinab. Sie trug ein tief dekolletiertes und in der Taille
fest geschnürtes himmelblaues Kleid, das an ein Dirndl
erinnerte und ihren üppigen Busen bestens zur Geltung
brachte.

„Chic, oder?“ Sie warf ihm einen koketten Luftkuss
zu.

„Hast du noch was vor?“

„Vielleicht.“ Eine zarte Röte überzog ihre Alabaster-
Wangen.

„Triffst du dich schon wieder mit Peter?“

„Ja, wenn er es schafft. Ich glaube, er möchte noch einmal wegen Laurie mit mir sprechen.“ Ihre Füße steckten in Cowboystiefeln. Mit dem rechten begann sie
nun, Kreise in den Sand zu malen, die verdächtig nach
Herzen aussahen.

„Du bist in Peter verliebt“, stellte Ryan nüchtern fest.

„Quatsch!“ Ihr Kopf ruckte hoch, die Röte auf ihren
Wangen verstärkte sich. „Wir sind nur gute Kollegen!“

„Ja, genau. Das haben schon viele gesagt.“ Ryan
lachte. „Ich hab doch Augen im Kopf.“

„Genau. Und die benutze mal lieber, um dein Projekt
fertigzukriegen.“ Sie wedelte mit einer Hand in Richtung der Hauswände.

„Mach ich.“ Er salutierte brav. Dann wurde er wieder
ernst. „Vielleicht hat Peter ja Neuigkeiten ...“

„Es klang danach.“

„Sagst du mir sofort Bescheid, wenn du mehr weißt?“

„Na klar!“ Sie winkte noch mal und verschwand so
schnell, wie sie gekommen war.

Ryan schüttelte amüsiert den Kopf. Er hatte also doch Recht gehabt. Ava war in Peter, den Buchhalter, verliebt. Seinen Segen hatten sie. Zumindest so lange, wie Peter nicht seine Aufgabe aus den Augen verlor, auf Laurie aufzupassen.

Sein Blick schweifte über die Baustelle, die Vorfreude kehrte zurück. Er würde etwas wirklich Wundervolles schaffen. Und es würde einen Zweck erfüllen, auch wenn er noch nicht wusste, welchen. Entschlossen widmete er sich wieder seiner Arbeit.

24. Laurie

Irgendwie hatte Rose es geschafft, dass Laurie sie in den Washington Square Park begleitete. Jetzt saßen sie auf einer Bank im Schatten, jede ein Eis in der Hand und waren Teil des Trubels an diesem ungewöhnlich heißen Sonntagnachmittag.

„Wie läuft es in der Agentur, Liebes?"

„Gut, Mom." Lauries Stimme klang gleichmütig.

„Das ist schön. Ich bin so froh, dass es dir langsam besser geht. Du bist schließlich noch so jung und hast noch dein ganzes Leben vor dir."

Laurie zuckte zusammen, als hätte ihre Mutter ihr in den Magen geboxt. Solche Floskeln waren das Schlimmste. „Du warst auch jung, als Dad gegangen ist."

„Genau, mein Leben musste auch weitergehen."

„Aber es ist nicht weitergegangen." Es war das erste Mal, dass Laurie das aussprach. Rose hatte danach nur noch existiert, aber es war ein unausgesprochenes Gesetz, dass das niemals thematisiert werden durfte.

„Aber natürlich ist es das, Liebling. Ich hatte doch dich, musste mich darum kümmern, dass du gut aufwächst." Roses Lippen zogen sich zu einem Strich zusammen und ihr Gesicht wurde starr. Schließlich leckte sie hastig an ihrem Eis, das bereits dabei war, an der Waffel hinunterzulaufen.

„Du hast nie wieder einen anderen Mann angesehen." Lauries Tonfall war vorwurfsvoll, was ihr im selben Moment leidtat.

Nun zuckte Rose zusammen. „Nein, das wollte ich auch nicht. Nicht nach allem, was passiert war."

Laurie warf ihrer Mutter einen kurzen Seitenblick zu, sah, wie sich deren Gesicht weiter verschloss. Sie seufzte lautlos.

„Aber es sind nicht alle wie Dad."

„Das stimmt. Deshalb war ich ja so froh, dass du mehr Glück hattest." Rose brach ab und biss sich erschrocken auf die Lippen. Nach einem schnellen Seitenblick zu Laurie, sprach sie rasch weiter. „Für mich ist das Thema schon ewig vorbei, aber dein Leben muss weitergehen, Schatz." Rose war mit ihrem Eis fertig, tupfte sich nun sorgfältig die Finger mit einer Serviette ab.

Laurie nickte kurz und richtete ihre Aufmerksamkeit auf eine Gruppe junger Familien, die mit ihren Babys im Schatten eines großen Ahornbaumes picknickte. Die Erwachsenen unterhielten sich, während die Babys fröhlich vor sich hinbrabbelten. Hinter Lauries Stirn hämmerte es.

Sie wusste selbst nicht, warum sie dieses Thema mit einem Mal angeschnitten hatte. Die Erkenntnis kam wenige Sekunden später und raubte ihr für einen Moment den Atem. Rose hatte nur sie. Wenn sie Ryan folgte, würde ihre Mutter ebenfalls jeden Sinn verlieren. Das schlechte Gewissen verwandelte den süßen Schokoladengeschmack in Lauries Mund zu etwas

Bitterem. Sie schluckte gequält. Dann straffte sie die Schultern. Sie war, verdammt noch mal, nicht mehr für ihre Mutter verantwortlich! Das musste sie sich nur immer wieder sagen. Seit sie sieben Jahre alt war, lastete diese Verantwortung auf ihr. Immer war Verlass gewesen auf die kleine Laurie, aber damit war nun endgültig Schluss. Sie hatte nur noch eine einzige Verpflichtung zu erfüllen. Das Jahr ohne Ryan hinter sich zu bringen. Mehr musste sie nicht tun. Mehr konnte sie nicht tun. Mehr war einfach nicht drin.

„Ja, Mom. Mein Leben wird schon weiter gehen. Mach dir keine Sorgen", sagte sie leichthin und setzte ihr Business-Lächeln auf, das sie eigentlich erst morgen früh wieder einschalten musste. Laurie lehnte sich auf der Bank zurück.

Die vielen heimatlosen Hunde aus dem Tierheim kamen ihr in den Sinn. Für jemand anderen in ihrer Situation wäre es vielleicht hilfreich gewesen, einen Waisenhund zu adoptieren, um so die Einsamkeit zu reduzieren. Für sie nicht. Ihrer Einsamkeit war mit keiner Gesellschaft beizukommen. Weder mit tierischer noch mit menschlicher. Sie würde sich ohne Ryan immer alleine und verloren fühlen. Deshalb durfte sie keine Verpflichtung eingehen, die sie auf Dauer doch nicht erfüllen konnte. Sobald sie ihr Versprechen eingelöst hatte, würde sie Ryan folgen. Einen Hund dafür zu benutzen, ihr die Zeit bis dahin zu erleichtern, kam ihr gemein vor. Sie schüttelte entschieden den Kopf.

Rose warf ihr einen Seitenblick zu und legte zaghaft einen Arm um Lauries Schultern.

25. Ryan

Ehrfürchtig stand Ryan vor seinem Haus. Er konnte es kaum glauben, aber er hatte es wirklich geschafft. Er hatte sein eigenes Haus gebaut! Es sah genauso aus, wie er es sich immer ausgemalt hatte. Ein graues Holzhaus mit großen Fenstern, alle versehen mit schneeweißen Fensterläden. Eine riesige Veranda umschloss das gesamte Haus, vor der mittig gelegenen Haustür thronten zwei imposante Säulen. Ein spitzes Giebeldach und mehrere Gauben rundeten das Bild ab. Ryan kniff die Augen zusammen, aber auch bei genauer Betrachtung konnte er keine Mängel feststellen. Die Freude war so überwältigend, dass seine Beine schwach wurden. Er fiel auf die Knie, konnte den Blick nicht lösen von seinem wahr gewordenen Traum. Die Erregung wich einer tiefen Ruhe. Er hatte sein Haus gebaut! Den Kopf frei von allen Gedanken, setzte er sich in den Schneidersitz und genoss still den Anblick.

Nach einer Weile verschwand sein innerer Frieden. Er spürte einen schmerzhaften Druck in seinem Brustkorb. Schnell wusste er, woher das Gefühl kam. Das Wichtigste fehlte. Natürlich. Laurie! Ohne sie verlor sein Werk sofort jede Bedeutung. Er musste es ihr zeigen, für sie hatte er es schließlich gebaut. Ryans Mund wurde trocken und der Hals schnürte sich zu. Ein lautloses Schluchzen kam über seine Lippen.

„Sweetie." Avas sanfte Stimme holte ihn in die Wirklichkeit zurück. Wie immer war sie aus dem Nichts aufgetaucht. „Es ist großartig geworden!"

„Ich muss es Laurie zeigen", flüsterte Ryan.

Ava heller Porzellanteint wurde eine Spur blasser. „Das geht nicht ..."

„Aber ich muss. Sonst war alles umsonst", sagte er verzweifelt und packte Ava an den Schultern.

„Wenn sie dieses Haus sieht, dann wird sie noch weniger auf der Erde bleiben wollen."

Ryan senkte den Kopf und ließ ihre Schultern wieder los. Natürlich. Daran hatte er nicht gedacht. Lauries Lebenswillen würde er mit diesem Traumhaus vermutlich nicht gerade stärken.

„Aber es muss doch irgendeine Möglichkeit geben", murmelte er traurig.

„Ich werde darüber nachdenken."

„Gibt es was Neues von Peter?", fragte er müde.

Sie winkte ab und richtete ihre Aufmerksamkeit wieder betont auf das Holzhaus. Er musterte sie eindringlich. Es gab nichts Neues, das hieß, es ging Laurie unverändert schlecht. Jede Freude über sein Schaffen verflog.

„Vielleicht können wir es Laurie zeigen, ohne dass sie weiß, dass ich es gebaut habe?" Seine Stimme war rau. Verstohlen wischte er sich eine Träne aus dem Augenwinkel. Wenn Laurie begeistert wäre, würde sein Freude sofort zurückkehren, das wusste er.

„Ich werde darüber nachdenken", wiederholte Ava. Sie lächelte strahlend, aber das täuschte Ryan nicht über ihre Entschlossenheit hinweg. Er seufzte. Manchmal konnte sein Engel unfassbar stur sein. Er wusste,

dass Ava sich erstmal zu keiner weiteren Aussage hin-
reißen lassen würde.

26. Laurie

Laurie blinzelte ins Sonnenlicht. Dann sah sie an sich herunter, sie trug ein kurzes getupftes Sommerkleid, das sie noch nie gesehen hatte.

Laurie wusste, dass sie einen Termin hatte, aber sie hatte keine Ahnung, worum es ging oder wo sie gerade war. Sie blickte auf ihre Armbanduhr. Kurz vor zehn Uhr. Sie war sicher, dass der Termin für zehn Uhr vereinbart war. Wenn sie nur wüsste, was sie hier tat … Suchend sah sie sich um. Sie stand auf einem schmalen asphaltierten Weg, der zu beiden Seiten von einer satten Rasenfläche flankiert wurde. In der Ferne konnte sie die Giebel eines Hauses ausmachen. Das einzige Haus weit und breit. Laurie zuckte die Schultern und ging auf das Gebäude zu. Als sie näher kam, verlangsamte sich ihr Schritt. Schließlich blieb sie einige Meter vor dem strahlend weißen Gartenzaun stehen. Ein Pfiff kam über ihre Lippen. Das graue Holzhaus mit den großen Fenstern war eins der schönsten Häuser, das sie je gesehen hatte. Und es besaß eine Anziehungskraft, mit der es sie förmlich ansaugte. Noch immer hatte Laurie keine Ahnung, was sie hier sollte. Aber es schien ein angenehmer Termin zu sein. Im selben Moment öffnete sich die Haustür. Ein junger Mann in einem grauen Anzug und einem blütenweißen Hemd stand auf der Schwelle. Er winkte Laurie unbeholfen zu. Ein zaghaftes Lächeln erhellte sein schmales, ernstes Gesicht. Sie nickte ihm zu und musste sich ein Lachen verkneifen. Ob er die Farbe seiner Kleidung bewusst dem Haus angepasst hatte?

„Mrs. Parker, wie schön!" Er eilte auf sie zu.

Als er bei ihr angekommen war, streckte er ihr die Hand entgegen. „Ich bin Peter. Es freut mich sehr, dass ich Ihnen dieses Haus zeigen darf."

„Hallo." Laurie lächelte verhalten und überließ ihm ihre Hand, die er mit sanftem Druck schüttelte. Ihr Termin war also eine Hausbesichtigung.

„Dann wollen wir mal. Zeit ist Geld, oder wie sagt man so schön?" Sein warmes Lachen entblößte weiße, leicht schiefe Zähne. Abrupt wandte er sich um und steuerte zurück auf den Eingang zu.

Laurie sah ihm amüsiert hinterher. Peter wirkte sehr sympathisch auf sie, aber den Beruf des Maklers hätte sie ihm als Allerletztes zugetraut. Seine Körperhaltung war ähnlich steif wie sein weißes Hemd, und er bewegte seinen langen, dünnen Körper seltsam ungelenk. Trotzdem strahlte er eine zutiefst ehrliche Liebenswürdigkeit aus. Sie schüttelte den Kopf und folgte ihm.

Mit einer fast übertriebenen, altmodisch anmutenden Geste bat er sie ins Haus.

Laurie trat über die Schwelle. In der Eingangshalle blieb sie gebannt stehen. Das Gefühl, nach Hause zu kommen, war so stark, dass sie trotz der Wärme zu zittern begann. Sofort begann sie in Gedanken, den großen leeren Raum mit passenden Möbeln auszustatten.

„Das Haus ist noch nicht eingerichtet, und Sie wissen ja, dass es auch noch nicht zum Verkauf steht. Vielleicht dauert es Monate, vielleicht auch Jahre. Na, Sie kennen das. Wie es eben immer so ist ..." Peter hatte so hastig gesprochen, dass er nun tief Luft holen musste. Eine feine Röte überzog sein Gesicht, als hätte er eine körperliche Anstrengung hinter sich.

Laurie widerstand dem Impuls, Peter beruhigend über den Rücken zu streicheln. Vielleicht war dieses Anwesen sein erster Auftrag als Makler. Viel Routine schien er jedenfalls nicht im Umgang mit Kunden zu haben.

„Das macht doch nichts", sagte sie stattdessen beruhigend. Sie konnte sich sowieso nicht daran erinnern, ein Haus kaufen zu wollen, oder wie sie überhaupt hierher gekommen war. Aber sie hatte das drängende Verlangen, auch die restlichen Zimmer sehen zu wollen.

„Macht es Ihnen etwas aus, mir alles zu zeigen?"

„N...nein, natürlich nicht! Deswegen sind wir ja hier ..." Peter tupfte sich rasch kleine Schweißperlen von der Stirn mit einem Taschentuch ab.

„Kommen Sie." Wieder eilte er voraus. Diesmal blieb Laurie dicht hinter ihm.

„Die Küche!", präsentierte er stolz, stieß die Holztür auf und machte mit beiden Armen eine einladende Geste.

Und wieder blieb Laurie wie angewurzelt stehen. Tränen stiegen ihr in die Augen, die sie heftig wegblinzelte. Das Zuhause-Gefühl flutete ihren Körper hier noch stärker. In dieser Intensität hatte sie es noch nirgends gefühlt. Mit großen Augen sah sie sich um. Die traditionell anmutende Landhausküche versprühte einen groben Charme und war schon auf den ersten Blick bestens dafür geeignet, familiärer Treffpunkt zu werden. Das robuste Holz war trotz oder vielleicht gerade wegen kleiner Schönheitsfehler in seiner Schlichtheit perfekt.

Auf dem Steinfußboden lag in der Mitte des Raumes ein weinroter, alt und heimelig wirkender Teppich, auf dem ein riesiger weißer Holztisch Platz für mindestens zehn Personen bot. Der Tisch war entweder ebenfalls alt oder entsprechend behandelt worden. Die darum stehenden Stühle waren bunt zusammengewürfelt. Auch hier drängten sich Laurie sofort Ideen auf, wie sie die Küche ausgestalten würde. In Gedanken brachte sie bereits über der Arbeitsplatte aus Granit verschiedene Regalbretter und Borde an, verteilte Gewürze und Küchengeräte darauf. Töpfe, Pfannen und Kellen aus Kupfer bekamen ihren Platz hängend an der Wand.

„Tja, also das wäre die Küche …" Peter hüstelte.

„Wundervoll." Laurie konnte sich nicht sattsehen an dem behaglichen Traum. Sie ging umher und berührte andächtig Schranktüren, strich über das kühle Granit der Arbeitsplatte und ließ verträumt ihre Fingerspitzen über den unebenen Tisch gleiten. Ein eiserner mehrarmiger Kerzenleuchter fehlte noch in der Mitte! Sie überlegte, ob dunkelblaue oder knallgelbe Kerzen besser passen würden.

„Möchten Sie noch die anderen Räume sehen?", fragte Peter schüchtern.

Sie nickte mit glänzenden Augen.

***

Ganz langsam wachte Laurie auf. Nicht mit dem üblichen Ruck, der sie sonst ohne Gnade in einen neuen Tag katapultierte.

Sie fühlte eine angenehme Schwerelosigkeit, die für die Schwebe stand zwischen Traum und Wirklichkeit, in der sie sich noch befand. Wärme und Sicherheit hüllten sie ein wie ein Kokon. Irgendwann konnte sie den Zustand nicht länger festhalten. Ein neuer Tag griff hell und erbarmungslos nach ihr. Als sie die Augen öffnete und sich umsah, brauchte sie einen Moment, um zu realisieren, wo sie war. In ihrem eigenen Schlafzimmer. Natürlich. Das warme Sichere verschwand. Vertrauter Schmerz und die wohl bekannte Leere stellten sich ein. Alles andere war nur der Traum von letzter Nacht. Ein Traum, den sie noch so deutlich vor ihrem inneren Auge sehen konnte, dass es schmerzte. Mühsam setzte sie sich auf. Das Haus. Ihr Haus. Genau so hätte es ausgesehen. Wenn Ryan es für sie gebaut hätte. Sie schnappte nach Luft, Tränen schossen ihr in die Augen. Ihre Träume wurden immer verrückter. Erst der Traum von Ryans Besuch, dann der verwaiste Hund, den sie unbedingt finden musste, und nun dieses vertraut wirkende Haus. Sie schüttelte den Kopf. Es konnte nicht mehr lange dauern, bis sie endgültig den Verstand verlor. Mühsam zwang sie sich aufzustehen. Steve wartete.

27. Ryan

„Es hat ihr also gefallen?", hakte Ryan nach.

Ava, die neben ihm am Strand wanderte, nickte.

„Peter sagte, sie war total von den Socken."

„Das hat er gesagt?" Er sah sie skeptisch von der Seite an.

„Na ja, nicht mit den Worten."

„Hört sich auch nicht nach ihm an." Ryan blieb stehen und sah verträumt übers Meer. Zu gerne wäre er dabei gewesen, als Peter Laurie im Traum zu seinem Haus entführte. Das hatten allerdings beide Schutzengel streng verboten.

„Vielleicht hilft es ihr, neuen Lebensmut zu bekommen. So ein Haus kann sie ja eines Tages noch haben." Ryan schluckte. Allerdings hätte er es dann nicht gebaut …

„Alles ist möglich." Sie sah ihn aufmunternd an.

„Meinst du, dass es geklappt hat und Laurie keinen Verdacht hegt, wer das Haus gebaut hat?"

„Du hattest doch nie mit ihr über deinen konkreten Plan gesprochen, oder?"

„Nein, nicht wie es im Einzelnen aussehen soll. Aber dass ich ihr eines Tages ein Haus baue, das wusste sie natürlich." Er fuhr sich zögernd durch die Haare. „Aber ich dachte, dass sie vielleicht meine Handschrift erkennt."

„Peter hat nichts dergleichen gesagt. Auf jeden Fall hat er sich sehr gefreut, Laurie endlich mal wieder glücklich zu sehen. Und sei es nur im Traum.“

„Wie habt ihr das gemacht, dass Laurie, obwohl sie noch lebt, in den Vorhimmel kommen konnte?“

„Ach, das passiert gar nicht so selten.“ Ava strich sich eine vorwitzige Strähne aus dem Gesicht. Der rotgoldene Schimmer ihrer Haare wurde heute durch ein kirschrotes Kleid verstärkt. „Sweetie, Schutzengel können dich überall hin mitnehmen, das ist gar kein Problem. Ungewöhnlich ist nur, dass wir eine tragende Rolle in euren Träumen spielen.“ Sie kicherte vergnügt. „Peter als Makler ... als wir das planten, haben wir uns köstlich amüsiert. Aber was tun wir nicht alles, um euch glücklich zu machen.“

Ryan zog eine Grimasse. Er verzichtete auf den Hinweis, dass der kleine Gefallen wohl das Mindeste sei, wenn man bedachte, dass sie für seinen Tod verantwortlich war.

„Das kann ich mir vorstellen“, sagte er stattdessen. „Wann darf der Arme eigentlich endlich Musiker werden?“

„Nun ...“, sie brach ab, ihr flackernder Blick schweifte über das ruhige Meer.

„Frühestens, wenn Laurie stirbt“, sagte sie schließlich und senkte den Kopf.

Ryans Kehle zog sich zusammen. Mit einem Mal fühlte er sich uralt und jede Freude war dahin. Es war alles so sinnlos.

Der wahr gewordene Traum, das eigene Haus zu bauen, fiel in sich zusammen. Ohne Laurie hatte es keinen Wert. Sie hatte es zwar sehen dürfen, aber sie wusste nicht einmal, dass es ihr eigenes Heim war, das sie im Traum erkundet hatte.

Es gab keine gemeinsame Freude, sie konnte nicht stolz auf ihn und sein Werk sein und vor allem blieb ihr eigentlicher beider Wunsch unerfüllt: Das gemeinsame Leben darin. Es würde niemals geschehen. Es sei denn, Laurie starb und kam zu ihm. Aber genau das durfte ja nicht sein. Er hatte das Gefühl, sich im Kreis zu drehen.

„Es hat doch sowieso alles keinen Sinn!", stieß er zwischen den Zähnen hervor. Sein Gesicht verschloss sich. Er schwankte zwischen Wut und Wehmut, wusste nicht wohin mit all dem. Erst die große Freude darüber, dass Laurie sein Werk kennenlernen durfte, und nun wieder der Absturz in die Realität.

„Aber lieber Ryan Parker, alles hat seinen Sinn! Immer und überall, das kannst du mir glauben."

„Glaube ich aber nicht. Ich glaube gar nichts mehr." Er verschränkte die Arme vor der Brust. In seinem Blick blitzten die unterschiedlichen Gefühle auf, die hart in ihm kämpften.

„Aber ..."

„Ich gehe eine Runde laufen, muss den Kopf frei kriegen", schnitt er ihr barsch das Wort ab und sprintete los.

„Männer ...", hörte er sie noch murmeln und aus den Augenwinkeln sah er, wie sie den Kopf heftig schüttelte.

28. Ava und Peter

Der Sonnenuntergang spielte mit den unglaublichsten Farben. Dunkles Violett, ein tiefes Blau und grelle Orangetöne leuchteten am Horizont und begleiteten eine glutrote Sonne auf ihrem Weg in die Nacht.

Ava und Peter saßen nebeneinander am Strand und beobachteten das Schauspiel.

„Immer wieder wunderschön", sagte Peter mit seiner sanften, tiefen Stimme.

Ava nickte wortlos. In Momenten wie diesen wusste sie nicht mehr, was sie einmal an Drogen gefunden hatte. Die Welt selbst war Rausch genug. Ein gelegentliches Woodstock-Revival mit dem einen oder anderen Joint war lediglich nostalgischen Gründen geschuldet. Die Gier nach Betäubungsmitteln, die früher ihr Leben beherrscht hatte, war in dem Moment gestorben, als sie ihr irdisches Dasein hinter sich gelassen hatte.

„Ryan ist immer noch böse auf mich." Sie zupfte nervös an den Bändern ihres Westernhuts, mit dem sie ihr Outfit für diesen Abend vervollständigt hatte. Ihr kirschrotes Kleid trug sie noch immer. Peter hatte einmal gesagt, dass ihr alle Farben stünden. Kirschrot aber ganz besonders.

„Er braucht wohl noch Zeit." Peter warf ihr einen zärtlichen Seitenblick zu.

„Ich weiß nicht." Sie hoffte, dass in der Dämmerung nicht zu erkennen war, dass ihr das Blut in die Wangen geschossen war. Dann riss sie sich zusammen. Dieses Treffen hatte sie schließlich nicht zum Spaß einberufen. Auch nicht aus romantischen Gründen. Jedenfalls nicht nur. Sie räusperte sich. „Wir müssen uns etwas einfallen lassen. So geht es jedenfalls nicht weiter." Ratlos sah sie Peter an.

In ihm arbeitete es, das erkannte sie an seinem konzentrierten Gesichtsausdruck. Still wartete sie ab, bis er wieder anfing zu sprechen.

„Vielleicht braucht er Unterstützung von jemandem, der Ähnliches durchgemacht hat." Fragend hob er eine Augenbraue.

„Ich kenne sonst niemanden, der seinem eigenen Schutzengel den frühen Tod zu verdanken hat." Traurig schob sie die Unterlippe vor. In ihren Saphiraugen glänzte es verdächtig.

„Ach, Angie, nimm es dir nicht so zu Herzen. Du weißt doch, niemand ist unfehlbar. Auch wir Schutzengel nicht."

„Trotzdem, das hätte nicht passieren dürfen." Ihre Stimme zitterte. So deutlich hatte sie das Versagen noch nie gespürt. Wenn sie mit Peter zusammen war, schien es, als gäbe es keine Masken mehr. Bei ihm war sie einfach, wie sie war. Das war für sie ungewohnt, fühlte sich aber überraschenderweise gar nicht schlecht an.

Unbeholfen legte Peter ihr einen Arm um die Schultern. Augenblicklich fühlte sie sich getröstet. Allerdings nicht weniger verantwortlich für ihren Schutzbefohlenen und sein vorzeitiges Ableben.

„Ich meinte auch eigentlich jemanden, der ebenfalls sein Liebstes verloren hat“, nahm Peter seinen Faden wieder auf.

„Ach so.“ Ava verharrte ungewohnt reglos. Sie hatte Sorge, dass die kleinste Bewegung Peters Arm verscheuchen würde. „Und hast du jemand Konkreten im Visier?“

Er nickte nachdrücklich. „Ja, eine ganz bezaubernde junge Frau. Viel zu früh gestorben an Leukämie. Der Mann ist zurückgeblieben, auch er trauert sehr. Allerdings hat er glücklicherweise seinen Beruf, den er sehr liebt. Er ist Tierarzt, sieht also einen ganz anderen Sinn im Weiterleben als unsere Laurie in der Werbeagentur.“ Er verzog das Gesicht.

„Wie heißt sie?“

„Lisa. Lisa Martinez, eine Künstlerin. Ihr Mann heißt übrigens Andrew.“

„Können wir nicht Laurie mit Andrew verkuppeln?“ Ava war so begeistert von ihrer Idee, dass sie sich ruckartig zu Peter drehte, sodass sein Arm abrutschte. Zu ihrem Bedauern beließ er es dabei. Seine Hände falteten sich bereits im Schoß.

„Hm, wir können es natürlich versuchen, obwohl ich momentan nicht das Gefühl habe, dass irgendwer außer Ryan zu Laurie durchdringen könnte.“

„Versuch macht klug!“ Ava hatte ihre gewohnte Leichtigkeit wiedergefunden. „Wo steckt Lisa?“ Sie sprang auf und klopfte sich den Sand vom Kleid.

29. Laurie

Schneeflocken tanzten im Licht der Autos, der Reklametafeln und der überall blinkenden Weihnachtsbeleuchtung, verloren aber sofort allen Zauber, sobald sie die Straßen von Manhattan erreichten, wo sie sich in grauen Matsch verwandelten.

Mit zusammengekniffenen Augen und starr nach unten gerichteten Blick hastete Laurie im Strom der Anderen. Nur noch wenige Meter und sie würde ihre rettende Wohnung erreichen. Die feuchte Kälte war längst durch ihren Mantel gedrungen, ihre Füße in den zu dünnen Stiefeln fühlten sich ähnlich taub an wie ihre klammen Finger, die tief in den Manteltaschen steckten. Aber sie hatte wieder einen Tag geschafft! Jeden Abend geisterte dieser Satz unverändert wie ein Mantra durch ihren Kopf. Zur üblichen Erleichterung gesellte sich seit Anfang des Monats noch ein anderes Gefühl. Die zaghafte Freude, dass sie ihr Ziel nun tatsächlich bald erreichen würde. Ein Jahr hatte Ryan gesagt. Wenn sie es genau nahm – und das tat sie – durfte der Albtraum Neujahr endlich vorbei sein. Nur mit dieser Aussicht schaffte sie es, den üblichen Weihnachtszirkus überhaupt auszuhalten. Noch vierzehn

Tage. Das leichte Flattern im Magen verkündete jetzt erneut eine vorsichtige Freude.

Bald durfte sie endlich zu Ryan! Für einen Moment raubte der Gedanke Laurie den Atem und ihre Beine wurden weich. Sie scherte nach rechts aus der Menge aus und suchte Schutz in einer Hofeinfahrt. Mit dem Rücken an die Mauer gelehnt, beschleunigte sich ihr Herzschlag bei der Vorstellung, wieder mit Ryan vereint zu sein. Für immer!

Sie rieb sich über die Stirn, ihr Kopf schmerzte und sie zitterte vor Kälte. Die Tabletten, die sie seit Monaten sammelte, lagerten sicher in ihrem Schmuckkästchen. Laurie trug seit Ryans Tod meist nur ihren Ehering und die Armbanduhr, weiteren Schmuck benutzte sie kaum. Die Schatulle war der perfekte Ort für ihr Flugticket in eine andere Welt. Die gehorteten Schlaf- und Beruhigungspillen würden sie sicher hinüberbegleiten. Sie atmete tief durch und wollte sich gerade wieder auf den Weg machen, als sie ein seltsames Geräusch innehalten ließ. Ein klägliches Wimmern ähnlich dem Weinen eines Babys, das schon lange vergeblich versucht hat, auf sich aufmerksam zu machen und nun statt eines Schreien immer schwächer werdende Klagelaute von sich gab. Der Ton ging Laurie durch und durch. Suchend glitt ihr Blick durch die Toreinfahrt. Nichts. Nur das Rauschen des Verkehrs war zu hören.

Am Ende der Einfahrt war es stockdunkel. Zögernd überlegte Laurie, ob sie dort wirklich alleine nachschauen sollte. Sie hatte ohnehin nichts mehr mit dieser Welt zu tun, was ging es sie an. Andererseits hatte sie auch nichts zu verlieren. Da sie Zeit ihres Lebens hilfsbereit gewesen war, entschied sie sich schulterzuckend, der Sache auf den Grund zu gehen. Die Absätze ihrer Stiefel klackerten über die unebenen Steine, während sie angestrengt in die Dunkelheit lauschte. Da erklang das Geräusch erneut, etwas lauter diesmal. Laurie verharrte kurz. Ein eiskalter Schauer lief ihr über den Rücken, und ein einsetzender Fluchtreflex wollte sie zwingen, sofort zurück zur Hauptstraße zu rennen.

Blödsinn! Ihr konnte nichts mehr Angst machen! Das Schlimmste war ja längst passiert.

Sie straffte die Schultern und ging entschlossen weiter. Sollte sie hinterrücks erschlagen werden, wäre eben das ihr Ticket zu Ryan.

Als sie schließlich den Hinterhof erreichte, in den die Toreinfahrt mündete, konnte sie auf den ersten Blick kaum etwas erkennen. Schwere Wolken hatten sich vor den Mond geschoben und künstliche Beleuchtung gab es nicht. Bis auf das ferne Rauschen des Verkehrs konnte Laurie keinen Laut mehr ausmachen. Ratlos nahm sie ihr Handy aus der Handtasche und leuchtete den Boden ab. Achtlos abgestellte Fahrräder, allerlei Gerümpel und diverse Getränkekisten waren das einzige, was der Lichtstrahl erfasste. Noch immer fiel feuchter Schneegriesel vom Himmel und ihre Finger waren inzwischen zu Eiszapfen gefroren.

Was auch immer sie meinte gehört zu haben, konnte ihr gestohlen bleiben. Sie würde jetzt nach Hause gehen, ein heißes Bad nehmen und sich auf ihr Ziel freuen. Entschlossen steckte sie das Telefon wieder ein und wandte sich um. In dem Moment erklang wieder ein Wimmern, dieses Mal ganz in der Nähe. Ihre Hand griff automatisch wieder in die Tasche und beförderte das Telefon erneut heraus. Sie war sicher, dass das Geräusch von rechts kam, wo die Getränkekisten standen. Unsicher machte sie einige Schritte in die Richtung. Das Handy hielt sie wie eine Waffe mit ausgestrecktem Arm vor sich. Zunächst konnte sie nichts erkennen außer den Kisten. Ein weiteres Wimmern ließ sie weiter nach hinten leuchten. Der Lichtstrahl fing einen Karton ein, der viel kleiner war als die Getränkekisten. Darin bewegte sich etwas. Mit den Füßen schob Laurie die Kisten beiseite, machte sich den Weg frei, hin zum Karton. Ein weiteres klägliches Weinen, dann war sie dort. Und prallte sofort wieder zurück.

Ein winziges, mittlerweile verstummtes Etwas saß in der Mitte des Kartons und blickte Laurie mit aufgerissenen Augen entgegen.

Im ersten Moment war sie wie gelähmt. Ein Hund. Ein sehr kleiner Hund, dessen riesige Augen nicht zum Rest des Körpers passen mochten. Schließlich bekam ihr überforderter Verstand das richtige Wort zu fassen: ein Welpe! Noch einen Moment später präzisierte er: ein Mopswelpe! Ein Schauer lief über Lauries Rücken. Sofort fiel ihr der Traum ein, den sie vor Monaten gehabt hatte! Sie sah sich wieder durch den Wald hetzen, auf der verzweifelten Suche nach etwas, das sie verloren hatte. Bis sie es schließlich gefunden hatte. Der Hund im Traum hatte anders ausgesehen, doch das Gefühl in ihr war jetzt ähnlich. Dann dachte sie flüchtig an die Hunde im Tierheim, an den Labrador namens Paul. Damals hatte sie es geschafft, einfach weiter zu gehen. Nun war es etwas anderes. Hier gab es nur sie und diesen Winzling. Für einen Moment war Laurie genauso erstarrt wie er. Eine kleine Ewigkeit sahen sie sie sich in die Augen.

„Armer kleiner Schatz! Wer hat dich denn einfach hier ausgesetzt?", murmelte Laurie, als sich ihre Erstarrung langsam löste. Vorsichtig streckte sie die Hand aus. Der Hund war zwar offensichtlich verstört, aber er schien keine Angst vor Laurie zu haben. Angesichts der klammen Kälte steckte sie kurzerhand das Handy in die Tasche und nahm den kleinen Kerl aus seinem Karton heraus. Kaum größer als ein Meerschweinchen schmiegte sich der kalte Körper in ihre Hand, die selbst nicht viel Wärme bot. Ohne lange zu überlegen, knöpfte Laurie ihren Mantel auf, bettete den Hund an ihre Brust und schlug den Mantel als Schutz darüber.

„Was mache ich denn jetzt bloß mit dir?" Lauries Blick schweifte über den Hinterhof. Natürlich war niemand sonst hier. Wer auch immer den Mops ausgesetzt hatte, wollte einfach die Verantwortung loswerden. Auch wenn sie Hunde schon immer gemocht hatte, passte das Finden eines tierischen Waisenkindes denkbar schlecht in ihre Pläne. Sie seufzte. Als sie sich gerade auf den Rückweg zur Hauptstraße machen wollte, blieb ihr Blick noch einmal an dem Karton hängen. Etwas Helles hob sich darin von der dunklen Pappe ab. Neugierig trat sie wieder näher. Die linke Hand weiterhin schützend um den kleinen Körper in ihrem Ausschnitt gelegt, förderte sie mit der anderen einen Zettel aus dem Karton zutage. Das Papier war zerdrückt und eingerissen. In krakeliger Schrift stand dort nur ein Wort: GEORGE.

„Hallo George", flüsterte Laurie mit einem Kloß im Hals. Sie spürte den schnellen Herzschlag des Hundes, und von seinem winzigen Körper kroch eine eisige Kälte zu ihr herüber. Der kleine Kerl musste dringend ins Warme gebracht werden. Sie setzte sich in Bewegung. Erstmal in ihre Wohnung. Dort konnte sie in Ruhe überlegen, was sie tun würde.

***

Die Heizung lief auf höchster Stufe. Der Mopswelpe lag eingewickelt in ein flauschiges Handtuch neben Laurie auf dem Sofa und schlief. Ein leises Schnaufen begleitete jeden angestrengt wirkenden Atemzug.

Laurie hatte versucht, dem Hund Wasser und Hühnerfleisch aus der Dose anzubieten (sie hatte keine Ahnung, wer die gekauft hatte, tippte aber auf Rose). An beidem zeigte er kein Interesse. Er schien zutiefst erschöpft und war prompt eingeschlafen, als Laurie ihn auf das Sofa gebettet hatte.

Nun musterte sie ihn ratlos und strich ihm zärtlich über den Kopf. Das kleine Wesen berührte eine Stelle in ihrem Herzen, die sie längst für tot gehalten hatte, und die sie in ihren letzten Tagen auch ganz bestimmt nicht wieder beleben wollte.

Im Zeitraffer lief ein Film vor ihrem inneren Auge ab. Ryan strahlend im Garten vor ihrem eigenen Haus, ein kleines Mädchen sitzt lachend auf seinen Schultern. Er rennt mit ihr los, wird schneller. Das Kind juchzt vor Freude. Um sie herum springt fröhlich bellend ein Hund. Ein großer Hund, kein Mops.

Laurie schüttelte das Bild entschieden ab. Nichts davon würde Wirklichkeit werden!

„Pass auf, George", sagte sie brüsk. „Ich kümmere mich so lange um dich, bis ich ein schönes Zuhause für dich gefunden habe. Und das muss bis Neujahr passieren, denn länger habe ich keine Zeit für dich. Ist das klar?"

Der Hund zeigte keine Regung, schlief einfach weiter.

Vorsichtig berührte Laurie das Ohr von George. Sie zuckte zusammen. Die Haut unter dem Fell glühte! Behutsam tastete sie nun beide Ohren und den Kopf ab. Die Hitze konnte unmöglich von der Heizungswärme kommen, und sie fiel ihr jetzt zum ersten Mal auf. Entweder hatte sie draußen nur nicht darauf geachtet, oder das Fieber war innerhalb kürzester Zeit gestiegen. Sie kannte sich zwar nicht mit Hunden aus, war aber sicher, dass die Temperatur des kleinen Kerls stark erhöht war. Kein Wunder, dass er nichts zu sich nehmen wollte.

„Tierarzt", murmelte sie, während sie aufsprang und sich zu erinnern versuchte, wo genau sie das Schild der Tierarztpraxis gesehen hatte. Sie wusste, dass es irgendwo ganz in der Nähe in ihrer Wohnung gewesen war.

30. Ryan

„Und, wie hat Laurie reagiert?" Aufgeregt sah Ryan Ava an, die mit ihm in seiner neuen Küche am Tisch saß.

„Nun, erwartungsgemäß hat sie George unter ihre Fittiche genommen." Sie lächelte ihn flüchtig an und blickte dann aus dem Fenster. Ihre Hände strichen unruhig über das Holz der Tischplatte.

„Ava!" Sein Tonfall war streng. Inzwischen kannte er sie gut genug, um sofort zu wissen, wann sie ihm etwas verheimlichen wollte.

„Sie sind jetzt beide unterwegs zur Tierarztpraxis." Noch immer sah sie ihn nicht an.

„Was hat Peter dir gesagt, was du mir nicht sagen willst?" Seine Stimme war ruhig, konnte aber trotzdem nicht über seine Anspannung hinwegtäuschen.

„Es ist noch viel zu früh um vorherzusehen, ob George Lauries Überlebenswillen aktivieren wird." Sie wickelte sich eine rotgoldene Haarsträhne um den Finger und sah Ryan dann endlich an. Der Ausdruck in ihren Saphiraugen schickte einen Schauer über seinen Rücken. Zuversicht sah anders aus.

„Was hat Peter gesagt?", wiederholte er nachdrücklich.

Sie stützte die Ellbogen auf den Tisch, faltete ihre Hände und legte das Kinn darauf. „Er hat gesagt, dass

Laurie für George noch ein gutes Zuhause suchen will und danach ..."

Sie verstummte.

„Es hat sich also nichts geändert", fasste er rau zusammen.

„Noch nicht." Sie langte über den Tisch und legte ihre kleine weiche Hand auf seine. „Warte erstmal ab, bis George sich ganz in ihr Herz geschlichen hat. Dem kann auf Dauer niemand widerstehen, da bin ich sicher." Sie lächelte aufmunternd.

Er nickte zweifelnd. Und wurde das Gefühl nicht los, dass selbst Ava inzwischen Schwierigkeiten hatte, daran zu glauben, dass Laurie wieder zurück ins Leben fand.

„Es muss einfach klappen", flüsterte sie beschwörend, ein leichtes Zittern lief über ihre Unterlippe.

In dem Moment wurde ihm klar, dass sie Angst hatte. Wenn ihr Plan nicht aufging, dann hätte sie nicht nur seinen vorzeitigen Tod zu verantworten, sondern auch den Lauries. Kein Wunder, dass ihr langsam die Leichtigkeit abhanden kam. Er wusste zwar nicht, ob und welche Sanktionen sie vom Engelrat zu erwarten hatte, aber ihrer Karriere dienlich war es sicher nicht.

„Wird schon", sagte er. Noch immer quälten ihn widerstreitende Gefühle. Ein Teil in ihm wünschte sich nichts mehr, als dass Laurie durch George zurück ins Leben fand und irgendwann wieder glücklich sein würde. Aber es gab auch noch den hartnäckigen anderen Teil, der ihm beständig einflüsterte, wie schön es wäre, wenn Laurie von Peter in den Vorhimmel gebracht werden würde. Zu ihm. Und dann würden sie gemeinsam in den richtigen Himmel aufsteigen. Bei dem Gedanken schlug sein Herz schneller. Stopp! Er rief sich zur Ordnung. Laurie sollte leben! Er wollte nicht, dass auch sie viel zu früh starb. Es reichte, dass ihm das widerfahren war. Irgendwann würde Laurie ihre Trauer überwinden und ihr Leben wieder als Geschenk betrachten können. Etwas in seiner Brust verengte sich. Er wünschte ihr das wirklich. Wenn es nur nicht so verdammt wehtun würde.

„Mal sehen, wie sie auf Andrew reagiert." Ein verschmitztes Lächeln vertrieb die Sorgen auf Avas Gesicht.

Ryan wollte gerade zu einer Erwiderung ansetzen, als ein leises Klopfen ihn innehalten ließ. „Herein!", rief er mit einer gewissen Erleichterung. Auch wenn sie es nie direkt ausgesprochen hatte, wusste er, dass Ava hoffte, dass Laurie sich neu verlieben würde. Er war weit entfernt davon, diesen Gedanken zu bejubeln.

„Hi." Lisa Martinez blieb zögernd im Türrahmen stehen, als sie Ava sah. „Ich möchte nicht stören, ich kann auch später wiederkommen."

„Oh nein, nein, von mir aus kannst du gerne bleiben." Ava sah fragend zu Ryan.

Er sprang auf. „Von mir aus natürlich auch." Er deutete auf den großen Tisch. „Kaffee?"

„Gerne." Lisa lächelte und setzte sich neben Ava.

Während Ryan Wasser in den Vollautomaten goss, streifte sein Blick die beiden Frauen, die unterschiedlicher nicht hätten sein können. Die kleine, niedliche und etwas pummelige Ava mit ihren goldflammenden langen Haaren und den Saphiraugen, die vor Leben nur so sprühte und die hochgewachsene, schlanke Lisa mit ihrem exakten schwarzen Pagenschnitt und den tief liegenden dunklen Augen, deren Ausstrahlung verträumt und eine Spur traurig war. Ryan lächelte. Lisa war ihm inzwischen zu einer guten Freundin geworden. Er musste an seine Skepsis denken, als Ava ihn überschwänglich darauf vorbereitet hatte, dass Peter und sie ihm Lisa vorstellen wollten. Aber die beiden hatten tatsächlich richtig gelegen. Denn nicht nur derselbe Verlust verband Ryan und Lisa miteinander. Ryan mochte Lisas freundliche, zurückhaltende Art, die ihn an Laurie erinnerte. Und die intensiven Gefühle der Liebe und Trauer, die sie nach wie vor an ihren Mann Andrew band, waren identisch mit seinen.

Im Gegensatz zu Laurie war Andrew zwar nie auf den Gedanken gekommen, seiner Frau in den Tod zu folgen, aber er trauerte genauso tief wie sie. Aus diesem Grund war es auch Lisa noch nicht gelungen, den Vorhimmel zu verlassen. Genau wie Ryan war sie bislang nicht imstande, endgültig loszulassen.

„Ladies, Ihre Bestellung." Mit einer angedeuteten Verbeugung verteilte Ryan die Kaffeebecher. Schwarz für Lisa, Café Latte mit sehr viel Zucker für Ava. Er selbst begnügte sich mit einem Glas Wasser. Er fand es immer noch faszinierend, dass er seit seiner Ankunft im Vorhimmel weder Hunger noch Durst verspürte, aber trotzdem Essen und Trinken genießen konnte, wann immer ihm danach war. Manchmal nahm er tagelang nichts zu sich, ohne dass ihm irgendetwas fehlte.

Das Glas Wasser jetzt diente lediglich der Geselligkeit. Und dem Halt. Er war nervös, wollte irgendetwas zu tun haben, und sei es nur, ein simples Wasserglas festzuhalten.

„Gibt es etwas Neues?" Lisa sah aufmerksam von einem zum anderen.

„Laurie lernt gerade Andrew kennen." Ryan räusperte sich. Etwas in ihm wünschte sich heftig, dass Laurie und Andrew nicht mehr als gute Freunde werden würden.

„Also hat Laurie den armen George bereits gefunden?"

„Es läuft alles planmäßig." Ava nickte eifrig.

Ryan verzog das Gesicht und hob abwehrend eine Hand. „Das wissen wir noch nicht. Das Einzige, was wir wissen, ist, dass Laurie sich um den Mops kümmert. Alles andere ..." Er ließ den Satz unvollendet und trommelte mit den Fingerspitzen gegen sein Wasserglas. Die Idee, Laurie einen ausgesetzten Hund zu schicken, war seine gewesen. Lisa hatte begeistert zugestimmt, und Ava war inzwischen sicher, dass sie diese Lösung mit Ryan zusammen ausgeklügelt hatte. Er sah großzügig drüber hinweg. Ob die Sache mit George wirklich zum Erfolg würde, musste ohnehin abgewartet werden.

„Der Hund wird ihr bestimmt wieder einen Sinn im Leben geben." Lisa nickte Ryan aufmunternd zu. Die großen Kreolen in ihren Ohrläppchen wippten im eigenen Rhythmus.

„Vielleicht." Ryans Ton verriet seine Unsicherheit.

„Im Moment können wir mal wieder nichts weiter tun als abzuwarten. Irgendwann wird Peter sich melden, und dann sage ich euch sofort Bescheid. Aber bis dahin: warten, warten, warten." Ava kicherte, es klang eher nervös als fröhlich.

Ryan tauschte einen Blick mit Lisa. Er wusste, dass sie ähnlich ambivalent war, was die Begegnung von Laurie und Andrew anging.

„Eins ist zumindest sicher: George ist in den besten Tierarzthänden des ganzen Landes!" Lisa lächelte wehmütig. „Im Grunde könnte ich weitergehen, ich weiß ja, dass Andrew seine Aufgabe weiterhin mit ganzem Herzen erfüllt. Aber es ist immer noch unerträglich, ihn außerhalb seiner Arbeit so unglücklich zu wissen." Hilfesuchend sah sie zu Ryan.

„Alles wird gut. Die beiden machen das schon." Die Zuversicht war gespielt. Warten, warten, warten … Avas Geplapper ging ihm heute auf die Nerven. Aber leider hatte sie recht.

31. Laurie

Der Warteraum, der vom Empfang abging, war voll besetzt. Erschrocken glitt Lauries Blick über die vielen Menschen, die dort auf Plastikstühlen darauf warteten, dass ihren tierischen Begleitern geholfen wurde. Hunde aller Rassen und Größen blickten teils neugierig, teils ängstlich zur Tür. Bellen tat erstaunlicherweise kein einziger. Nur aus den Transportkörben der Katzenbesitzer drang vereinzelt ein klägliches Miauen.

Die junge blonde Helferin am Empfang beendete ihr Telefonat und sah Laurie freundlich an. „Wie kann ich Ihnen helfen?"

Laurie öffnete ihren Mantel, das Köpfchen von George lugte heraus. „Der Kleine scheint sehr krank zu sein. Er trinkt und frisst nicht, und ich glaube, dass er hohes Fieber hat."

„Okay, füllen Sie das hier bitte aus und nehmen dann noch einen Moment im Wartezimmer Platz. Wir rufen Sie so schnell wie möglich auf." Mit besorgtem Blick schob die junge Frau Laurie Block und Kugelschreiber zu.

Nachdem Laurie den Fragebogen ausgefüllt und zurückgegeben hatte, setzte sie sich auf den letzten freien Stuhl zu den anderen Wartenden. Sie machte sich keine Illusion darüber, dass sie hier mit George viel Zeit verbringen würde, bevor sie zur Behandlung durften.

Flüchtig registrierte sie, dass es nirgendwo etwas Weihnachtliches gab. Keine blinkenden Weihnachtsmänner, keine stimmungsvollen Lichterketten und auch sonst keinen Hinweis auf das bevorstehende Fest der Liebe. Vielleicht war das nicht üblich in Tierarztpraxen. Laurie wusste es nicht, sie war noch nie in einer gewesen. Ihr war es jedenfalls nur recht, wenigstens an diesem Ort vor dem romantischen Irrsinn verschont zu sein.

Es waren erst wenige Minuten vergangen, in denen ihr sorgenvoller Blick immer wieder auf George ruhte, als sie aufgerufen wurde.

Eine andere Helferin begleitete sie über den Flur zu einem Untersuchungsraum im hinteren Praxisbereich.

„Dr. Martinez wird gleich bei Ihnen sein." Die burschikos wirkende Brünette marschierte nach einem kurzen Nicken hinaus und ließ Laurie alleine.

Neugierig sah sie sich um. Weiße Holzschränke, gefüllt mit Medikamenten und Fachliteratur, säumten die cremefarben gestrichenen Wände. In der Mitte des Raumes stand der Behandlungstisch, und auf den Fensterbänken waren Grünpflanzen verteilt, darunter einige Aloen. Auch hier gab es keine Weihnachtsdekoration. Nicht nur deshalb fühlte Laurie sich auf merkwürdige Weise wohl in dieser fremden Umgebung. Der beinahe vergessene Kindheitstraum zupfte in ihrer Erinnerung, blass und fern, aber immer noch abrufbar. Laurie schüttelte den Kopf, das war das Letzte, womit sie sich noch beschäftigen wollte.

Der Traum, Tierärztin zu werden, hatte sie noch durch ihre Jugend begleitet, bis sie ihn irgendwann beerdigt hatte, als das, was er war: Ein Traum.

Nicht alle Träume können erfüllt werden, hatte sie sich wieder und wieder gesagt. Rose konnte unmöglich die Collegegebühren aufbringen mit ihren verschiedenen Jobs, die gerade eben ihr beider Überleben sicherten. Laurie hatte die Zähne zusammengebissen und bei *See bigger* angefangen. Der Gedanke, dass sie sich eigentlich nichts mehr wünschte, als Tiere zu heilen, war mehr und mehr aus ihrem Bewusstsein verschwunden, bis er schließlich ganz in Vergessenheit geraten war.

Woher der Traum gekommen war, hatte sie nie gewusst, zumal sie auch nie eigene Tiere besessen hatte. Der Kontakt zu Vierbeinern beschränkte sich auf Hunde von ihren Schulfreundinnen. Und das waren, genau genommen, zwei gewesen. Ein Golden Retriever namens Max und eine Stafford-Hündin, die auf den Namen Mrs. Smith hörte. Zu beiden hatte Laurie sich sofort magisch hingezogen gefühlt, oft verbrachte sie mehr Zeit am Hundekorb als in den Zimmern ihrer Freundinnen, was diese kopfschüttelnd tolerierten.

Nichts hatte Laurie sich mehr gewünscht, als einen eigenen Hund zu haben, aber da Rose unter Allergien litt, war daran überhaupt nicht zu denken gewesen. Zudem war Laurie schon sehr früh klar, dass das Geld bei ihnen immer knapp war. Trotzdem hatte sie sich ein einziges Mal einen Ruck gegeben und sich zu Weihnachten nichts anderes als einen Hund gewünscht. Tatsächlich saß dann einer unter dem Weihnachtsbaum. Er hieß Mick und war aus Stoff.

Unwillig schüttelte Laurie den Kopf. Nur weil sie jetzt durch Zufall in einer Tierarztpraxis gelandet war, brauchten nicht ihre alten Träume wieder aus der Versenkung auftauchen. Ändern würde es nichts, ihr

Entschluss stand fest. Daran würde ganz sicher kein diffuser Kindheitstraum etwas ändern. Genauso wenig wie ein kranker Welpe. Mochte auch jeder, der ihn betrachtete, in Gefahr geraten, einen Zuckerschock zu erleiden. Es spielte keine Rolle.

Nachdenklich strich Laurie dem Kleinen über den Kopf. Er schlief immer noch. Sie würde den armen Tropf behandeln lassen, und - sobald er wieder genesen war - ihm ein schönes Zuhause suchen. Das müsste bis Neujahr zu schaffen sein, und dazu war sie bereit. Zu mehr nicht. Der Gedanke, dass sie diejenige hätte sein können, die die Behandlung in ihrer eigenen Praxis durchführte, erwischte sie kalt. Was für ein Blödsinn! Sie verscheuchte die Vorstellung, straffte die Schultern und atmete tief durch.

In dem Moment wurde die Tür geöffnet. Endlich! Die Warterei, die zu vollkommen abstrusen Gedanken geführt hatte, war glücklicherweise zu Ende.

„Andrew Martinez. Guten Tag!"

Der Händedruck des Tierarztes war warm und fest. Der Ausdruck in seinen dunklen Augen freundlich, aber zurückhaltend.

„Hallo. Laurie Parker, mit George. Ich glaube, es geht dem Kleinen ziemlich schlecht. Er frisst nicht, und ich habe das Gefühl, dass er glüht." Sie nahm den Hund aus seinem sicheren Mantelversteck und hielt ihn hoch.

„Oh ein Mops", stellte Dr. Martinez in einem seltsamen Ton fest und hob eine Augenbraue. „Setzen Sie ihn bitte auf den Tisch."

Laurie tat wie ihr befohlen. Sie war irritiert. Ein Tierarzt, der bestimmte Hunderassen nicht mochte? Bis eben hatte sie den großen schlanken Mann mit den etwas zu langen schwarzen Haaren durchaus sympathisch gefunden.

„Wie lange hat er die Beschwerden schon?" Dr. Martinez beugte sich über den Hund und begann mit geübten und sanften Handbewegungen die Untersuchung. Vorsichtig hob er die Augenlider an, leuchtete in beide Ohren und griff schließlich zum Fieberthermometer. George ließ seelenruhig alles über sich ergehen.

„Nun, ich weiß nicht genau ..." Laurie hatte keine Ahnung, warum es ihr auf einmal schwerfiel, die richtigen Worte zu finden. Ihr Hirn war wie leergefegt. Vielleicht war das alles zu viel für sie in ihrer Situation. Sie überlegte, ob sie sich einfach auf dem Absatz umzudrehen und gehen sollte. Wer sagte denn, dass sie für diesen Hund verantwortlich war? Schließlich war sie entschlossen gewesen, nie wieder für irgendjemanden Verantwortung zu tragen. Vielleicht sollte auch diese letzte Ausnahme nicht sein.

„Wann haben Sie ihn denn gekauft?" Die Stimme von Dr. Martinez blieb freundlich, trotzdem meinte Laurie, eine gewisse Geringschätzung herauszuhören. Sie hatte das Gefühl, dass er sie kritisch musterte. Vom Kopf bis zu den Füßen, vom Designer-Wollmantel bis hin zu den hochhackigen Stiefel. Aber vielleicht spielte ihre Wahrnehmung ihr auch einen Streich. Trotzdem schoss ihr das Blut in die Wangen.

„Ich ... ich habe ihn nicht gekauft. Ich habe ihn vorhin gefunden. Er saß in einem Pappkarton und war auf einem dunklen Hinterhof abgestellt. Er hatte einen Zettel mit seinem Namen dabei. George." Laurie strich sich die Haare aus dem Gesicht. Warum hatte sie das Wesentliche nicht gleich gesagt?

„Oh, ein Findelkind." Der Ausdruck auf dem schmalen Gesicht des Tierarztes wurde prompt weicher. Deutlich wohlwollender sah er Laurie nun an. „Ich dachte, Sie seien eine von jenen Hundebesitzern, die unbedingt einen Rassewelpen haben wollen, aber nicht bereit sind, einen angemessenen Preis zu bezahlen. Die schlechte Gesundheit ist dann das, was es gratis zum Schnäppchen dazugibt." Er räusperte sich. Ein verlegenes Lächeln erschien kurz auf seinem Gesicht, auf dem leichte Bartstoppeln und tiefe Schatten unter den Augen von einem langen Arbeitstag zeugten.

„Nein, ich habe keinen eigenen Hund. Ich hatte noch nie einen. Leider ..." Laurie schluckte. Was erzählte sie denn da? Als ob das den fremden Tierarzt etwas anginge. Oder interessierte.

„Ein Leben ohne Hund ist möglich, aber sinnlos", stellte er fest. Eine gewisse Belustigung blitzte in seinen Augen auf und verdrängte für einen Moment den Ernst darin.

Lauries Eingeweide zogen sich zusammen. Ihr Leben war sinnlos. Mit oder ohne Hund. Aber das ging ihn nichts an.

„Was fehlt ihm denn?", fragte sie leise.

Dr. Martinez zuckte die Schultern. „Das kann ich noch nicht sagen. Seine Augen sind leicht entzündet und er hat tatsächlich hohes Fieber, aber das ist ein allgemeines Symptom, das mit vielen Krankheiten einhergeht. Näheres wird die Blutuntersuchung ergeben. Dehydriert ist er glücklicherweise nicht. Hat er Durchfall oder Erbrechen gehabt?"

„Nein, so lange er bei mir ist, nicht. Aber er wollte weder fressen noch trinken." Fasziniert beobachtete

Laurie, wie der Tierarzt den Bauchraum des Welpen abtastete. Seine Hände waren schmal und feingliedrig, arbeiteten sich sanft am Hundekörper entlang. Schließlich griff er zum Stethoskop, stöpselte sich die Ohrstücke ein und legte es an die kleine Brust von George, der die ganze Zeit noch keinen Mucks von sich gegeben hatte.

Entweder ist er einfach zu krank, um überhaupt auf irgendetwas zu reagieren, oder er vertraut darauf, gerade in den richtigen Händen zu sein, dachte Laurie.

„Etwas schwach auf der Brust, unser Kleiner." Dr. Martinez legte das Stethoskop zur Seite. „Dann versuchen wir mal, Blut von unserem Patienten zu bekommen. Können Sie ihn kurz festhalten? Meine Helferinnen sind gerade mit anderen Notfällen beschäftigt."

„Natürlich, gerne."

„Am besten nehmen Sie ihn in den Arm und halten den Kopf fest." Nachdem Laurie George sanft an sich gedrückte hatte, begann Dr. Martinez mit einem Rasierer eine quadratische Stelle am Vorderbein vom beigefarbenen Fell zu entfernen. Danach desinfizierte er die Stelle und führte vorsichtig eine Kanüle ein.

George gab ein leises Quieken von sich, sein Herz klopfte schneller in Lauries Hand.

„Ist ja gut, mein Kleiner, gleich hast du es geschafft", murmelte sie leise. Vermutlich verstand der Hund kein Wort.

„Sie machen das sehr gut." Dr. Martinez zapfte routiniert das Blut aus der Vene.

„Danke."

„Was soll mit George geschehen? Wollen Sie ihn behalten?" Er verschloss das Röhrchen mit dem Blut und entfernte die Kanüle.

„Das kann ich nicht. Aber ich würde mich um ihn kümmern, bis er wieder gesund ist und dann für ihn ein gutes Zuhause suchen." George hob den Kopf und sah sie an. Laurie zuckte innerlich zusammen. In seinem Blick meinte sie zu lesen, dass er dieses Mal sehr wohl jedes Wort verstanden hatte. Und dass er damit alles andere als einverstanden war. Blödsinn! Reiß dich zusammen! Jetzt fing sie schon an mit Tieren zu kommunizieren ...

„Können Sie ihn nicht zu sich nehmen?", fragte sie, einer Eingebung folgend. Bei Dr. Martinez hätte er dann auch gleich kompetente Pflege. Und Laurie könnte sich ungestört um das kümmern, was jetzt eigentlich wichtig war.

Sein Blick verdunkelte sich, er schüttelte den Kopf. „Meine Plätze sind leider alle vergeben. Um mehr als fünf Hunde kann ich mich nicht kümmern. Die Grenze musste ich setzen, seitdem ich alleine für alle zuständig bin." Er stockte kurz, wischte sich in einer müden Geste über die Augen, bevor er fortfuhr. „Und es sind alles schwere Fälle, die ich aufgenommen habe. Die meisten sind krank, und alle wären sonst ins Tierheim gekommen, wo sie sehr wahrscheinlich bald getötet worden wären."

„Getötet? Ich dachte, Tierheime sind dazu da, sich um heimatlose Haustiere zu kümmern, nicht um sie zu töten." Fragend sah Laurie ihn an und legte schützend legte beide Hände über George, der längst wieder in einen Tiefschlaf geglitten war. Die Vorstellung, dass dieser kleine Kerl getötet werden könnte, jagte ihr einen Schauer über den Rücken. Kurz musste sie an Paul, den Labrador denken. Den Hoffnungslosen, der vielleicht inzwischen eine Familie gefunden hatte.

„Das denken viele." Er lächelte bitter. „Eigentlich sollte es auch so sein, aber es gibt einfach viel zu viele Hunde und Katzen, die eingeliefert werden. Die Tötungen sind das einzige Mittel, um Platz zu schaffen für die unzähligen Neuzugänge. Jeden Tag werden in unserem Land achttausend Hunde und Katzen eingeschläfert."

„Achttausend? Jeden Tag?" Laurie schnappte nach Luft und schüttelte ungläubig den Kopf. Sie wünschte inständig, dass Paul nicht zu ihnen gehörte.

„Ja. Ein kleiner George könnte vielleicht Glück haben und adoptiert werden. Vorausgesetzt er wird wieder ganz gesund. In diesem Zustand wäre er sicherlich ganz vorne auf der Tötungsliste. Aber selbst wenn er gesund wird, heißt das noch lange nicht, dass er zu den wenigen Glücklichen gehören würde." Dr. Martinez hob den Mops vom Tisch und setzte ihn auf eine große Waage an der Wand. „Knappe zweieinhalb Kilo." Er runzelte die Stirn. „Sollte eigentlich mehr sein in einem Alter von zwölf bis vierzehn Wochen." Er warf einen Blick auf die Uhr über der Tür. Laurie verstand. Das Wartezimmer war noch immer voll.

„Ich gebe ihm jetzt eine Spritze, die das Fieber senkt. Für alles weitere müssen wir die Laborergebnisse abwarten. Sie können vorne am Empfang Welpenfutter und eine Vitaminpaste kaufen. Halsbänder und Leinen haben wir auch da. Ach, und hier sind noch Augentropfen." Dr. Martinez nahm das Medikament aus dem Schrank hinter sich und reichte es ihr. Mit einem liebevollen Blick streichelte er George noch einmal über den Kopf und desinfizierte sich die Hände. Dann wandte er sich zur Tür. Dort angekommen, drehte er sich wieder um. „Morgen früh habe ich die Labor-Ergebnisse. Es wäre gut, wenn Sie dann wieder mit ihm vorbeikommen, am besten gleich um acht Uhr. Und vielleicht können Sie auch eine Kotprobe mitbringen."

„Natürlich, das mache ich." Laurie legte den Hund zurück in sein Mantelversteck. Sie war immer noch verstört. Die letzte Spritze ... nicht für dich, George!, versprach sie ihm lautlos.

32. Ava und Peter

„Wir haben nicht mehr viel Zeit", stellte Ava fest. Sie schlang die Arme um ihren Oberkörper, als würde sie frieren. Dabei war es in Peters Wohnzimmer angenehm warm. Peters Zuhause im Himmel war ein Stadtreihenhaus, das identisch war mit jenem, das er auf Erden bewohnt hatte. Er hatte darauf bestanden, es exakt nach seinen Erinnerungen zu konzipieren. Viel Zeit konnte er hier zwar nicht verbringen, zumal er sich nur selten auf seine Vertreter bei Laurie verlassen wollte. Aber wenn er hier war, dann genoss er seine alte vertraute Umgebung. Das wusste Ava genau. So wie sie auflebte bei einem Woodstock-Revival, waren Peters nostalgische Erinnerungen eben verknüpft mit seinem unglücklichen Leben in Chicago. Ava hoffte, dass Peter es eines Tages schaffen würde, sein Buchhalter-Dasein ganz abzustreifen und ganz der zu werden, der er eigentlich war.

„Zwei Wochen haben wir noch. Das sind viele Tage und viele Nächte, in denen einiges passieren kann." Peter griff bedächtig zu seinem Teeglas, das auf einem Spitzendeckchen auf dem schlichten Tisch stand. Ebenso bedächtig nahm er einen Schluck.

„Hat sich denn schon irgendetwas bei Laurie verändert?" Ava zupfte nervös nicht vorhandene Krümel von ihrem weißen Kleid und sah ihn aufmerksam an.

„Zumindest hat George ihr Herz berührt. Die erste Hürde ist damit genommen. Sie fühlt sich auf jeden Fall für ihn verantwortlich und wird ihn nicht im Stich lassen."

Ava nickte stumm und starrte vor sich hin. Dann seufzte sie schwer und steckte sich einen Mini-Schokonmuffin in den Mund. „Was ist mit ihr und Andrew? Wie hat sie auf ihn reagiert?", fragte sie mit vollem Mund.

„Ich glaube, sie fand ihn ganz sympathisch." Peter tupfte sich den Mund mit einer Serviette ab.

Ava stieß einen triumphierenden Laut aus.

Peter lachte. „Angie, keine voreiligen Schlüsse!" Scherzhaft drohte er ihr mit dem Zeigefinger.

„Du weißt, dass das meine Idealvorstellung ist." Sie schob schmollend die Unterlippe vor, musste dann aber ebenfalls lachen.

„Vielleicht gibt es eine viel bessere Lösung." Er nickte geheimnisvoll.

„Das hast du schon mehrfach angedeutet. Sag mir, worum es geht!"

„Nein, das kann ich noch nicht. Vielleicht irre ich mich auch. Wir warten es einfach mal ab."

„Bitte, bitte, sag es mir!" Sie faltete die Hände vor der Brust und sah ihn flehend an.

„Nein, Angie, tut mir leid, aber du musst dich noch gedulden."

„Ach, menno!" Ava sprang auf und marschierte unruhig durch das aufgeräumte Wohnzimmer. Hier und da hielt sie an, nahm ein Nippes in die Hand (sie war immer wieder überrascht, dass sich ein Mann mit so vielen verspielten Kleinigkeiten umgab), strich die Vorhänge glatt und rückte einen Sessel zurecht.

„Enstpann dich, Angie. Alles wird gut!" Peter lehnte sich zurück, während sein Blick weiterhin liebevoll auf ihr ruhte.

Ava blieb abrupt stehen, ihre blauen Augen füllten sich mit Tränen. „Aber ich will, verdammt noch mal, nicht für einen weiteren sinnlosen Tod verantwortlich sein."

Peter zuckte zusammen. „Pscht! Doch nicht fluchen, Angie ..."

Ava drängte die Tränen zurück, stieß ein Seufzen aus, das eher wie ein Schluchzen klang und ließ sich wieder aufs Sofa fallen. Normalerweise wäre ihr der kleine Ausbruch peinlich, bei Peter nicht. Geräuschvoll zog sie die Nase hoch. „Ich darf es Ryan ja nicht zeigen, aber ich bin wirklich verzweifelt. Was, wenn Laurie doch aufgibt?"

Peter wandte sich ihr zu und nahm sie in den Arm. „Was auch passiert, der Engelrat weiß, dass du immer dein Bestes gibst."

Sie wandte den Blick zur Seite und zog hilflos die Schultern hoch. Selbst, wenn Peter Recht haben sollte, sie selbst würde mit einem weiteren Versagen aber nicht klarkommen, das wusste sie. Sie hasste es zu versagen, das hatte sie schon zu Lebzeiten viel zu oft getan. Sie hatte es so satt, den Ansprüchen nicht zu genügen.

„Ach, und Angie, du bist nicht für alles und jeden verantwortlich. Kümmere du dich um deinen Ryan, alles andere wird sich finden."

Sie sah ihn überrascht an. Mit einem einzigen Satz hatte er ihr Dilemma erkannt: sie fühlte sich für alles verantwortlich ...

33. Laurie

George – wieder einmal im Tiefschlaf – lag warm einge-hüllt neben ihr auf dem Bett. Zu Lauries Überraschung hatte er zuvor zwei Löffel von dem Dosenfutter gefressen, das sie bei Dr. Martinez gekauft hatte. Ihre Hand glitt immer wieder unter die Decke, um den Hund prüfend zu berühren. Er fühlte sich warm an, was nicht verwunderlich war, so eingepackt wie er war, aber er glühte nicht mehr.

Laurie überlegte, ob sie den kleinen Kerl morgen mit zur Arbeit nehmen sollte, schließlich konnte sie ihn unmöglich alleine in der Wohnung zurücklassen. Sie verwarf den Gedanken sofort wieder. Steve würde niemals einen kranken Hund in seiner Werbeagentur dulden. Einen gesunden vermutlich auch nicht. Dann wurde Laurie klar, dass es ohnehin nur noch zwei Wochen wären, die sie arbeiten würde, bis … bis sie gehen durfte. Noch immer scheute sie sich davor, das Wort sterben auch nur zu denken. Sie durfte Ryan folgen, nachdem sie ihr Versprechen eingelöst hatte. So einfach war das. Gearbeitet hatte sie all die langen Monate, genau wie er es sich gewünscht hatte. Dass das nichts an ihrem Entschluss ändern würde, hatte sie ja gleich gewusst. Wenn sie die letzten Tage ohne ihren Job verbrachte, würde Ryan ihr das sicher nachsehen. Immerhin hatte sie einen guten Grund dafür. Entschlossen schnappte sie ihr Handy und schrieb Steve eine Nachricht. Sie hätte leider ganz plötzlich hohes Fieber bekommen und könne unmöglich die nächsten Tage zur Arbeit erscheinen. Artig formulierte sie noch ihr Bedauern, dann drückte sie auf senden. Das Gewicht, das üblicherweise bleiern auf ihren Schultern lastete, lockerte sich prompt. Ein ungeliebtes Thema, das sie endlich abhaken durfte! Sie wandte sich wieder George zu. „Und du, mein kleiner Freund? Willst du dich wenigstens fürs Leben entscheiden? Ich suche dir auch eine ganz tolle Familie!" Der Welpe blieb eine Antwort schuldig und schlief einfach weiter.

„Na gut, deine Entscheidung." Laurie zuckte die Schultern. Sie würde ihr Möglichstes tun, der Rest lag nicht in ihrer Hand. Einer Eingebung folgend, griff sie erneut zum Handy. Sie stellte die Kamerafunktion ein und fotografierte das Bündel neben sich. Viel war nicht zu erkennen, aus der flauschigen Decke ragte nur die Hälfte des kleinen Kopfes heraus. Wer es nicht wusste, würde vermutlich nicht darauf kommen, wer oder was hier Model stand.

Darf ich vorstellen: George, seines Zeichens Mopswelpe, vorübergehend mein Mitbewohner! Die erklärenden Zeilen verschickte sie zusammen mit dem Foto an Rose und an Jessy.

Sekunden später klingelte das Telefon. Jessy. Das Quietschen, das in Lauries Ohr drang, ähnelte dem von George, nur dass es um ein Vielfaches lauter war. Laurie hielt das Telefon etwas weiter weg, bis die Geräusche leiser wurden.

„Ein Hundebaby, das ist ja großartig! Wo hast du ihn her? Bleibt er bei dir? Oh Gott, ist der süß!" Jessys sprudelte fast über vor Begeisterung, aber das hatte Laurie nicht anders erwartet.

„Er saß verstört in einem Karton, abgestellt auf einem dunklen Hinterhof", fasste Laurie nüchtern zusammen.

„Oh je, der arme Kleine! Geht es ihm denn jetzt gut?"

„Wir waren beim Tierarzt, George hat Fieber und ist ziemlich schwach. Aber er hat eben ein wenig gefressen, und nun schläft er. Das scheint sowieso seine Lieblingsbeschäftigung zu sein." Laurie lächelte.

„Ich komme morgen auf jeden Fall vorbei! Den will ich kennenlernen!", rief Jessy.

„Das hatte ich befürchtet", sagte Laurie trocken. „Also gut, dann bis morgen, ich muss jetzt Schluss machen."

„Schlaf schön!"

„Du auch." Laurie beendete das Telefonat. Plötzlich zweifelte sie. Vermutlich war es keine gute Idee gewesen, Jessy und Rose zu informieren. Das gaukelte ihnen nur vor, dass Laurie nun mithilfe eines kranken Welpen zurück ins Leben fand. Und das würde nicht passieren! Sie würde darauf achten, dass die Verbindung zwischen ihr und dem Waisenhund auf keinen Fall enger wurde. Anfangen würde sie damit, George ein Bett auf dem Fußboden zu bauen. Dort gehörten Hunde doch wohl sowieso hin. Krank hin, krank her. Entschlossen stand Laurie auf.

***

Etwas Feuchtes kitzelte ihre Nase. Laurie öffnete die Augen und blickte in ein kleines verknautschtes Gesicht, das nur Millimeter von ihrem eigenen entfernt war. Große, dunkle Augen starrten sie erwartungsvoll an, während sie ein heißer Atem umwehte.

„Hey, kleiner Mann, ausgeschlafen?"

Als Antwort fuhr eine rosa Zunge über ihre Wange. Laurie lachte und schob George von ihrem Brustkorb hinunter, auf dem er wie auf einem Podest gethront hatte. Er protestierte lautstark.

„Zeit für deine Morgentoilette?" Sie sah auf ihren Wecker. Sechs Uhr. Das letzte Mal vor der Tür waren sie gegen Mitternacht gewesen. Artig hatte George sich neben einem Baum hingehockt und gepieselt. Zurück in der Wohnung hatte Laurie versucht, ihren Entschluss in die Tat umzusetzen und dem Hund einen Platz neben ihrem Bett einzurichten. Der Versuch war kläglich gescheitert. George hatte derart bitterlich geweint, dass sie es nicht übers Herz bringen konnte, die harte Maßnahme durchzuziehen. Nachdem sie seinem Wunsch Folge geleistet und ihn wieder aufs Bett gehoben hatte, war er sofort zufrieden in ihrem Arm eingeschlafen. Und sie wenige Minuten später ebenfalls.

Verdutzt wurde ihr klar, dass sie das erst Mal in diesem Jahr nicht nur sechs Stunden am Stück geschlafen hatte, sondern auch langsam aufgewacht war, anstatt mit dem üblichen Schreck hochzufahren.

Sie rappelte sich auf, setzte George auf den Boden und stand selbst auf. Auf ihrem Weg ins Bad blieb George dicht an ihrer Seite. Sein Gang war wankend und unbeholfen. Laurie war nicht sicher, ob das welpentypisch normal war oder noch Anzeichen seiner Krankheit. Im Badezimmer angekommen, rollte er sich sofort auf dem runden Teppich zusammen und schloss die Augen. Kopfschüttelnd griff Laurie zu ihrer Zahnbürste.

Was für ein süßer Bursche! Trotzdem würde sie die nötige Distanz wahren.

In Jeans und Rollkragenpullover war sie schließlich bereit, sich den Pflichten einer Neu-Hundebesitzerin zu stellen. Schnell schlüpfte sie in dicke Boots und einen Parka, beides Überbleibsel aus der glücklichen Zeit mit Ryan, angeschafft für Ausflüge aufs Land, bei denen sie oft am Wochenende lange Wanderungen unternommen hatten. Der Gedanke an Ryan und ihr gemeinsames Leben schmerzte wie immer und entfachte die übliche unstillbare Sehnsucht. Bald, sehr bald würde sie wieder bei ihm sein!

Ein Quengeln holte sie in die Wirklichkeit zurück. Der vorwurfsvolle Blick aus dunklen Augen traf Laurie unvorbereitet. Fast schien es, als könne der Hund ihre Gedanken lesen und würde sein Veto einlegen. Blödsinn! Er verspürte einfach Druck auf der Blase, das war alles.

Mit einem Ruck schloss Laurie den Reißverschluss ihres Parkas, legte George Halsband und Leine an und nahm ihn dann auf den Arm. Sie wollte gerade die Wohnungstür öffnen, da fiel ihr ein, dass sie ja versuchen sollte, eine Kotprobe einzusammeln. Ein entsprechendes Röhrchen hatte sie in der Praxis mitbekommen. Rasch nahm Laurie das Utensil aus ihrer Handtasche und verstaute es in ihrer Jackentasche.

Das Treppenhaus war menschenleer. Morgens kurz nach sechs Uhr schliefen ihre Nachbarn noch, normalerweise würde auch Laurie noch keinen Fuß vor die Tür setzen. Trotz der frühen Stunde war sie ungewohnt ausgeschlafen. Sie verzichtete darauf, auf den Aufzug zu warten und lief mit dem Bündel auf ihrem Arm die Treppen hinunter.

Als sie die Haustür öffnete, wehte ihr sofort ein kräftiger Wind entgegen. Prüfend steckte sie ihren Kopf nach draußen. Immerhin war es trocken. Laurie trat auf den Bürgersteig. Greenwich Village erwachte langsam. Einige Frühaufsteher waren bereits unterwegs, manche zu Fuß, die meisten im Auto. In vielen Fenstern in den Häusern der Nachbarschaft leuchteten Weihnachtssterne und Lichterketten. Das Fest rückte näher. Laurie fühlte eine seltsame Mischung aus Beklommenheit und Vorfreude, die sie irritiert abschüttelte, während sie zielstrebig die wenigen Meter zu den alten Eichen zurücklegte, die die Straße säumten. George zappelte in ihren Armen. Es wurde Zeit. Sie setzte ihn auf den Boden und sofort hockte er sich hin. Der See, der sich unter ihm ergoss, war erstaunlich groß für einen so kleinen Hund.

„Wow, da hast du aber fein angehalten." Laurie hob die Augenbrauen. Beachtlich, welche Körperbeherrschung der Winzling bereits hatte. Stolz blitzte in den runden Hundeaugen auf, als er zu ihr hoch blickte. Wieder verscheuchte sie unwillig das Gefühl, dass er jedes Wort verstand. Das war unmöglich!

„Nun noch einen schönes Geschäft für den Doktor, und wir können heim und frühstücken." Natürlich würde er das nicht auf Zuruf erledigen. Wo sollte es auch her kommen? Die zwei Löffel Dosenfutter, die er gestern noch gefressen hatte, würden bestimmt nicht jetzt schon wieder herauskommen.

George schnüffelte angelegentlich am nächsten Baumstamm. Laurie trat von einem Bein aufs andere.

Auch wenn sie heute besser für die Kälte gerüstet war als gestern, fror sie dennoch langsam durch das Stillstehen. Außerdem vermissten ihre steif gefrorenen Finger Handschuhe, an die sie natürlich nicht gedacht hatte. George schnüffelte ungerührt weiter. Irgendwann machte er erneut einen See unter sich, dieses Mal aber deutlich kleiner als das erste Mal.

„Haufen noch, bitte ...“, murmelte Laurie und kam sich ziemlich idiotisch vor. Glücklicherweise ging ihre Stimme im Rauschen des Verkehrs zuverlässig unter.

Der Hund sah wieder zu ihr auf. Dann beugte er sein kleines Hinterteil Richtung Boden und produzierte das Gewünschte. Sprachlos starrte Laurie darauf. „Zufall!“, stieß sie dann aus. Eilig beförderte sie das Röhrchen zutage und schob die Hinterlassenschaft des Welpen hinein.

„Gut gemacht, George! Du bist wirklich kooperativ.“ Sie tätschelte seinen Kopf und hob ihn wieder auf.

Den Rückweg zur Wohnung erledigten sie in Rekordzeit.

34. Ryan

Die Schönheit des magischen Sonnenaufgangs, der wieder mit den unglaublichsten Farben von Dunkelviolett über Nachtblau bis Grellorange aufwartete, stimmte Ryan noch wehmütiger.

Schlaf hatte er keinen finden können in der letzten Nacht, und so wanderte er bereits seit Stunden am Strand entlang. Zu deutlich war ihm inzwischen bewusst, dass seine Zeit im Vorhimmel sich dem Ende näherte. Die Zeit, in der er noch Einfluss nehmen konnte auf Laurie, Einfluss darauf, dass sie ihr Leben nicht wegwarf. Nun würde sie bald abgelaufen sein.

Ihm war ebenfalls bewusst, dass er bislang die Gelegenheit vernachlässigt hatte, selbst Abschied zu nehmen. Abschied von Laurie, von der wundervollen Zeit, die er mit ihr verbringen durfte, aber auch Abschied von seinem gesamten Leben auf der Erde. Von seiner Familie, seinen Schwestern, seinen Freunden. Von seiner Arbeit, die er fast so liebte wie die Menschen in seinem Umfeld. Egal, wie Lauries Entscheidung ausfallen würde, das Loslassen von all dem, woran sein Herz hing, fand unabhängig davon statt. Er hatte ein wundervolles Leben gehabt, das er mit all seinen Facetten über alles liebte. Es war verdammt schwer, das alles loszulassen.

Mit Avas Versagen hatte er endgültig Frieden geschlossen. Sein verrückter kleiner Woodstock-Engel hatte wirklich sein Bestes gegeben. Es fühlte sich jetzt ganz normal an, ihr nicht länger böse zu sein. Die Wut auf sie und ihren Fehler war in letzter Zeit sowieso mehr seinem Unvermögen geschuldet, den entscheidenden Schritt zu gehen. Dabei spürte er, dass zwar ein Teil seiner Seele mit den Menschen und Dingen verbunden bleiben würde, er aber trotzdem loslassen und weitergehen musste. Es fühlte sich seltsam paradox, aber nicht minder wahr an.

Ryan blieb stehen und blickte über das Meer. Mit einem Mal stutzte er. Die sonst stets spiegelglatte Oberfläche bewegte sich! Wellen wurden sichtbar, erst leichte, dann kräuselten immer stärkere das türkisfarbene Wasser. Gischt schäumte auf, gurgelnd rollte das Wasser auf Ryan zu. Das Schauspiel hatte eine befreiende Wirkung auf ihn. Wie oft hatte er sich gewünscht, dass das Meer endlich in Bewegung käme! Wie oft war er genervt davon gewesen, dass die Traumkulisse einfach so gleich bleibend perfekt blieb, und ihn in ihrer Perfektion auszulachen schien.

Ryan spürte das unbändige Verlangen, sich ebenfalls zu bewegen. Er rannte los. Das immer wilder werdende Wasser forderte ihn mit seinem lebendigen Tanz auf, es ihm gleichzutun. Er rannte und rannte, ohne müde zu werden. Irgendwann fiel ihm ein, dass Ava gesagt hatte, dass ihre Kondition grenzenlos sei, seine würde es erst noch werden. Die Stufe hatte er also erklommen. Für einen Moment erfüllte ihn etwas wie Stolz.

Irgendwann wurde er langsamer und hielt schließlich ganz an. So wie er beruhigte sich auch das Meer.

Nach mehreren tiefen Atemzügen setzte er sich in den weichen Sand. Vor seinem inneren Auge erschien Laurie. Er sah, wie sie mit geröteten Wangen und blitzenden Augen mit einem Mops durch den Washington Square Park spazierte. Sehnsucht wallte in ihm auf, gemischt mit grenzenloser Liebe und einem Rest Trauer. Trotz der unterschiedlen Gefühle wünschte er sich nur eines inständig: Lauries Gesicht sollte wieder vor Glück und Lebensfreude strahlen. Dafür war er bereit, alles zu tun. Zum ersten Mal war er wirklich bereit, alles dafür zu tun. Sogar, sie endgültig gehen zu lassen.

35. Laurie

Nachdem sie beide ein kleines Frühstück zu sich genommen hatten (Laurie eine Schale Müsli, George zwei Löffel Dosenfutter), lagen sie nun zusammen auf dem Wohnzimmerteppich. Laurie mit geöffneten Augen an die Decke starrend, und George zusammengerollt und leise schnaufend.

Die Türklingel schrillte, Laurie zuckte gewohnheitsmäßig zusammen und setzte sich auf. George gab nur einen kurzen unwilligen Laut von sich und schlief weiter. Laurie lief in den Flur, um Jessy reinzulassen, die sich per WhatsApp angemeldet hatte.

Kaum hatte sie die Haustür geöffnet, stürmte Jessy in die Wohnung. „Wo ist er?", rief sie.

„Im Wohnzimmer. Schlafend. Wie fast immer."

Jessy umarmte Laurie kurz, schlüpfte in Windeseilen aus ihren Stiefeln, bevor sie in Jacke und Mütze schon weiter flitzte. Laurie folgte ihr langsam. Wieder zweifelte sie daran, ob es richtig gewesen war, ihrer Freundin von ihrem neuen Mitbewohner zu erzählen. So. oder so war es allerdings zu spät für diese Überlegung, wie sie seufzend einsah.

Als Laurie ins Wohnzimmer trat, lag Jessy bereits bäuchlings auf dem Teppich. Das Entzücken stand ihr ins Gesicht geschrieben. „Mein Gott, ist der goldig", hauchte sie. Ihre Finger streichelten sanft über Georges Körper, der sich wohlig rekelte.

„Du kannst ihn adoptieren. Er würde dich bestimmt gerne jeden Tag in den Laden begleiten", schlug Laurie vor und setzte sich zu den beiden.

„Ich? Einen Hund nehmen?" Jessy lachte laut. „Dafür gehe ich eindeutig zu gerne und zu oft feiern.

„Aber er könnte deine Muse beim Kleiderdesignen sein", versuchte Laurie der Freundin die Idee schmackhaft zu machen, die die eleganteste und schnellste Lösung ihres George-Problems wäre.

„Vergiss es." Jessy winkte ab. „Ich bin zwar direkt schockverliebt, aber ich finde, er ist bei dir bestens aufgehoben."

„Nur vorübergehend. Ich päppele ihn wieder auf und dann suche ich ihm ein schönes Zuhause." Länger als zwei Wochen kann er ohnehin nicht bleiben, fügte sie in Gedanken hinzu.

„Aber ..." Jessy wurde unterbrochen vom Lauries klingelndem Handy, das auf dem Tisch lag.

„Moment ..." Laurie sah aufs Display. Rose.

„Mom. Ich muss kurz drangehen." Sie verzog entschuldigend das Gesicht.

„Kein Problem."

„Hey Mom."

Nach einem kurzen Telefonat, in dem Rose sich verhalten über den Neuzugang im Leben ihrer Tochter gefreut hatte, konnte Laurie mit dem Hinweis auflegen, sich um ihren Besuch und ihren Mitbewohner kümmern zu müssen.

„Was sagt sie?", wollte Jessy neugierig wissen.

„Ich glaub, sie war ziemlich zwiegespalten. Einerseits freut sie sich, dass ich eine neue Aufgabe habe. Andererseits kann sie mit Hunden nicht das Geringste anfangen. Ihre Allergie ist da zwar mitbeteiligt, aber ich glaube nicht, dass das der einzige Grund ist.“ Laurie zuckte die Schultern. „Möchtest du noch einen schnellen Kaffee?“

„Gerne.“ Jessy lächelte. Sie schälte sich aus ihrer Jacke, zog die Mütze vom Kopf, stopfte beides hinter sich und richtete ihre Aufmerksamkeit wieder auf George.

Laurie ging in die Küche. Während sie den Kaffeevollautomaten mit Wasser versorgte, hörte sie Jessy in Babysprache auf George einreden. Kopfschüttelnd hantierte sie mit den Tassen. Der Hund wäre wirklich bei Jessy bestens aufgehoben. Vielleicht würde er im Rennen gegen das Partyleben ja doch noch gewinnen. Der Gedanke gefiel Laurie. George in fremde Hände abzugeben würde ihr schwer fallen, das ahnte sie bereits. Jessy als neues Zuhause wäre hingegen der Sechser im Lotto. Nicht nur für George.

„Schwarz und stark.“ Laurie reichte Jessy den Kaffee. George schlief mittlerweile auf deren Schoß.

„Danke.“ Jessy stellte die Tasse neben sich.

„Ihr passt perfekt zueinander.“ Laurie sah ihre Freundin über den Rand ihrer Tasse an.

Jessy lachte auf und ließ zwei Reihen weißer Zähne aufblitzen. „Pass auf, Baby, wenn er mein Hund hätte werden sollen, dann hätte ich ihn gefunden! Er gehört zu dir, da pfusche ich garantiert nicht rein. Egal, wie zuckersüß er ist.“ Sie pustete sich eine blonde Strähne aus dem Gesicht und drückte George überschwänglich an ihre Brust.

„Aber ...“

„Nichts aber. Der Kleine ist dein Weihnachtsgeschenk, nicht meins.“

„Ich kann ihn nicht behalten! In der Agentur habe ich mich erstmal krank gemeldet, aber spätestens nach Weihnachten muss Georg ein richtiges Zuhause gefunden haben! Steve würde ihn niemals in der Agentur dulden.“

„Frag ihn doch erstmal.“ Jessys Ton war unbekümmert.

„Er würde niemals zustimmen“, beharrte Laurie.

„Wer nicht fragt ...“ Jessy rollte mit den Augen und griff zu ihrer Tasse. Sie trank einen großen Schluck, während sie Laurie musterte.

„Nein, ich will keinen Hund. Weder einen aus dem Tierheim, noch ein zufällig gefundenes Waisenkind.“ Laurie stellte ihren Kaffee ab und verschränkte die Arme vor der Brust. Ihr Blick schweifte zum Fenster. Ein grauer, wolkenverhangener Morgen versprach den New Yorkern die Aussicht auf einen trüben Dezembertag. Sie wollte zu Ryan, sonst nichts.

„Aber das war doch mal euer Plan, euch einen Hund anzuschaffen.“ Wie üblich gab sich Jessy nicht so schnell geschlagen. Nach dem missglückten Ausflug ins Tierheim sah sie offensichtlich eine neue Chance, Laurie doch noch mit einem Hund glücklich zu machen. Sie kraulte Georges Nacken und sah Laurie dabei forschend an.

Laurie erstarrte. „Das war in einem anderen Leben. Wenn wir nach New Hampshire gezogen wären, dann vielleicht.“ Sie brach ab, ihr Blick fiel auf George, der immer noch zufrieden auf Jessys Schoß schlief. Ein

Haus auf dem Land, Ryan und sie, ihre Kinder (zwei. oder drei, da waren sie sich nie einig geworden), dazu ein großer Hund. Vielleicht ein Golden Retriever. Nichts davon würde es geben. Sie richtete sich auf. Ihre Entscheidung war gefallen. Daran würde auch ein Mops nichts ändern. Egal, wie süß er war. „Außerdem ist er kein Weihnachtsgeschenk, dafür ist er viel zu früh dran." Laurie stand auf.

Jessy grinste. „Du bist ganz schön kleinlich."

„Möglich." Laurie zuckte die Schultern. Das, was ihr wirklich durch den Kopf ging, konnte sie ihrer besten Freundin ohnehin nicht anvertrauen. Jessy würde alles tun, um sie von ihrem Plan abzubringen. Wie sie ihre Freundin kannte, würde sie vermutlich nicht mal davor zurückschrecken, sie in die nächste Klinik zu bringen. Aber sie war nicht krank. Sie wusste nur sehr genau, dass ihr Leben ohne Ryan nicht lebenswert war. Sie hatte es nun lange genug probiert. Ein ganzes Jahr lang. Sie war brav zur Arbeit gegangen, hatte ihre Yoga-Stunden wieder aufgenommen (fünfmal hatte sie es immerhin ins Studio geschafft), sie war mit Jessy Essen gegangen und mit Rose Kaffee trinken. Sie hatte sich ins Getümmel von New York gestürzt, war fast darin ertrunken, und es hatte nichts geändert. Ohne Ryan war alles nichts wert. Geradezu absurd zu denken, ein kleiner Mops könnte ihren Entschluss auf den letzten Metern noch umstoßen.

„Laurie?" Jessy sah sie besorgt an.

„Hast du was gesagt?" Mühsam fand Laurie in die Wirklichkeit zurück.

„Ja, ich wollte wissen, ob du jetzt zum Tierarzt los willst?" Jessy stand ebenfalls auf, George brummte in ihren Armen.

Laurie nickte abwesend. Sie öffnete den Mund. Für einen winzigen Moment bestand die Gefahr, dass die Wahrheit Worte formend über ihre Lippen fiel. Schnell schloss sie den Mund wieder, presste die Lippen fest aufeinander.

Zu spät. Für dieses Leben kam jede Hilfe zu spät.

Jessy betrachtete sie prüfend. „Okay, dann fahre ich euch schnell rum."

***

Die drei Blocks bis zur Praxis hätten sie auch zu Fuß bewältigt, aber Laurie war dankbar für Jessys Angebot, sie zu fahren. Je schneller sie die weihnachtlich geschmückten Straßen hinter sich lassen konnte, umso besser.

Der Verkehr war wie üblich zähflüssig an einem Dienstag zur Rushhour.

„Da vorne ist es." Laurie zeigte auf den Praxiseingang, der in Sicht kam.

Jessy hielt an, was sie aufgrund der Ampel, die gerade auf rot umsprang, ohnehin tun musste. „Dann raus mit euch und alles Gute für den Kleinen!"

„Danke fürs Fahren!" Laurie drückte ihrer Freundin schnell einen Kuss auf die Wange und sprang aus dem alten Chevrolet, George fest an ihre Brust gedrückt.

Die wenigen Meter bis zur Eingangstür legte sie rasch hinter sich. George blickte sich von seiner erhöhten

Position aus neugierig um. Ausnahmsweise wirkte er sehr wach und interessiert.

„So Kleiner, Zeit für deinen Onkel Doktor“, murmelte Laurie in sein Ohr und stieß die Tür auf. Nachdem sie eingetreten war, stellte sie fest, dass es noch erstaunlich ruhig in der Praxis war. Nur ein altes Ehepaar saß im Wartezimmer, der Mann hatte einen kleinen Hund auf dem Schoß. Beide wirkten betrübt. Die Helferin am Empfang war dieselbe nette Blondine vom Vortag. Laurie ging zu ihr.

„Guten Morgen. Laurie Parker, ich komme zur Nachkontrolle mit George. Wir waren gestern zur Behandlung bei Dr. Martinez.“

„Guten Morgen, Mrs. Parker. Ja, natürlich, das Mops-Baby. Wie geht es ihm denn?“

„Oh, ich glaube besser. Er hat gefressen und das Fieber scheint weg zu sein.“

„Wunderbar. Es ist nur ein Patient vor Ihnen dran, dann kümmert sich der Doktor um George.“ Die Helferin lächelte und deutete auf das Wartezimmer. „Bitte nehmen Sie noch einen kleinen Moment Platz.“

„Ach, ich habe noch etwas mitgebracht. Der Doktor sagte, es wäre gut …“ Laurie zog die Plastiktüte aus ihrer Handtasche, in der das Röhrchen mit Georges Morgentoilette steckte.

„Eine Kotprobe? Ja, die ist gut für die Diagnostik. Gerne her damit.“ Das warme Lächeln der Frau vertrieb das peinliche Gefühl, dass kurz in Laurie aufgewallt war.

Trotzdem war sie froh, die Probe loszuwerden.

***

„Guten Morgen, Mrs. Parker!" Dr. Martinez gab Laurie die Hand und richtete seine Aufmerksamkeit dann sofort auf George, der vor ihm auf dem Behandlungstisch saß.

„Na, mein Kleiner, wie war deine Nacht?" Sanft umschloss er das Gesicht des Hundes mit beiden Händen und blickte ihm prüfend in die Augen.

George antwortete mit einem leisen Schnaufen und einem Schwanzwedeln, das sein gesamtes Hinterteil in Aufruhr versetzte.

„Sehr gut", übersetzte Laurie die tierische Antwort. „Er hat ein wenig gefressen, gut geschlafen und macht auf mich einen viel besseren Eindruck als gestern."

Dr. Martinez nickte zufrieden. „Wir haben die Laborergebnisse, die mich etwas überrascht haben." Er runzelte die Stirn. „Also ... die Laborergebnisse sind perfekt. Wir haben absolut nichts Auffälliges gefunden. Nicht einmal die Entzündungswerte sind erhöht, obwohl er so hohes Fieber hatte. Ich war sicher, dass irgendeine Infektion vorliegen muss. Aber wir warten jetzt noch mal die Ergebnisse der Kotprobe ab, obwohl George die typischen Anzeichen eines Parasitenbefalls auch nicht hat. Wahrscheinlich werden wir da auch nichts finden."

„Das ist doch wunderbar!" Laurie lächelte. Ihre Aufgabe würde bald erfüllt sein. Wenn George erst wieder gesund wäre, würde nur noch der letzte Schritt fehlen: Ein neues Zuhause für ihn! Danach wäre Laurie wieder frei.

„Ja, es ist ungewöhnlich, aber natürlich schön!" Dr. Martinez griff zum Fieberthermometer. „Nur noch minimal erhöht", teilte er schließlich das Ergebnis der Messung mit.

„Toll!" Dankbar sah Laurie den Arzt an. Erst jetzt fiel ihr auf, dass er dunkle Schatten unter den Augen hatte, und deutlich müder wirkte als gestern. Sie biss sich auf die Lippen. Fast hätte sie ihn gefragt, ob ihm etwas fehle.

„Können Sie mir helfen, ein gutes Zuhause für George zu finden?", fragte sie stattdessen.

Ein trauriger Zug legte sich um seinen Mund mit den fein geschwungenen Lippen. „Sie wollen ihn wirklich nicht behalten?"

„Nein, das kann ich nicht." Laurie blickte auf den blank gewischten Boden. Ärgerlich versuchte sie das schlechte Gewissen abzuschütteln. Sie tat, was in ihrer Macht stand, aber sie war nicht dazu verpflichtet, sich für immer um George zu kümmern!

„Schade." Er drehte sich um und nahm aus einem Glas einige Brocken Hundefutter. „Der kleine Mann hat sich eine Belohnung verdient, so artig, wie er sich behandeln lässt." Die Andeutung eines Lächelns erhellte kurz sein Gesicht.

„Ich wünsche mir die beste Familie für ihn." Lauries Stimme war leise. Sie fühlte sich schlecht, egal wie oft sie sich im Stillen vorbetete, dass es dafür keinen Grund gab.

„Ja", sagte er gedehnt. „Sie können hier gerne einen Aushang machen. Und ich werde mich umhören, ob gerade geeignete Menschen auf der Suche nach einem Mops sind. Leicht wird es wahrscheinlich nicht."

Ein Klopfen unterbrach ihn. Die blonde Helferin vom Empfang steckte ihren Kopf durch die Tür. „Negativ!"

Sie hielt einen Daumen in die Höhe und verschwand
wieder.

„Tja, ich hatte es mir ja schon gedacht. Trotzdem
bleibt es mysteriös. Kein Hund hat so hohes Fieber und
dabei so tolle Blutwerte." Er schüttelte den Kopf. „Na,
wie dem auch sei. George wird bald wieder ganz auf der
Höhe sein und bereit für ein neues Zuhause."

Laurie schluckte. Das schlechte Gewissen wollte sie
einfach nicht verlassen. „Als kleines Mädchen wollte
ich auch gerne Tierärztin werden." Erschrocken hielt
sie inne. Von diesem Traum hatte sie nicht mal Ryan je
erzählt. Wie konnte sie das diesem fremden Tierarzt
anvertrauen? Entsetzt legte sie eine Hand vor den
Mund.

„Was kam dazwischen?" Dr. Martinez sah sie aufmerksam an. Die Wärme in seinen braunen Augen mil-
derte etwas die Panik, die der versehentliche Informa-
tionsfluss prompt bei ihr ausgelöst hatte.

„Meine Mom und ich waren alleine. Sie hätte sich niemals die Collegegebühren leisten können." Laurie sah
auf ihre Hände mit den unlackierten Nägeln. „Ich habe
dann in einer Werbeagentur als Mädchen für alles angefangen. Der Job wurde ganz gut bezahlt, und so
konnte ich Mom unterstützen."

Er nickte ernst. „Und später gab es keine Möglichkeit
mehr, das Versäumte nachzuholen?"

„Nein, später ... habe ich geheiratet. Mein Mann hatte
sich gerade selbstständig gemacht, da wollte ich auch
ihm nicht auf der Tasche liegen. Für manche Träume
ist es einfach zu spät." Sie zuckte die Schultern, die von
einem unsichtbaren Gewicht nach vorne gedrückt

wurden. Tränen stiegen ihr in die Augen, die sie hektisch wegblinzelte.

„Für Träume ist es nie zu spät. Sie sind doch noch immer jung."

Laurie schüttelte heftig den Kopf. Was tat sie hier eigentlich? Sie redete mit Dr. Martinez, als sei er ihr Freund. Dabei kannte sie ihn erst seit gestern. Und er war nur zufällig der Tierarzt eines Hundes, den sie ebenfalls zufällig auf der Straße aufgelesen hatte. Krank und schwach, wobei dieser Eindruck sich jetzt schon deutlich verbessert hatte. Noch wenige Tage, und George würde wieder ganz gesund sein. Dr. Martinez würde sie dann nie wieder sehen, und sie könnte endlich ihren Plan verfolgen. Nein, ihre Entscheidung war nicht verhandelbar!

„Was ist denn mit Ihrem Mann, was sagt er denn dazu?"

Laurie zuckte zurück, als hätte sie auf eine heiße Herdplatte gefasst. „Er wusste es nicht. Und er ... lebt nicht mehr", flüsterte sie. Ihr Blick irrte durch den Untersuchungsraum, blieb schließlich an einem der großen Fenster hängen.

„Oh, das tut mir leid." Dr. Martinez räusperte sich, tiefes Mitgefühl zeichnete sich in seinem Blick ab.

In dem Moment stahl sich ein einzelner Sonnenstrahl durch das trübe Grau des Himmels. Er landete direkt auf dem Untersuchungstisch und dort auf der Nase von George. Prompt musste dieser niesen. Die Erstarrung, die Laurie beim Erwähnen Ryans mit einem Schlag wie gelähmt hatte, löste sich. Ihr Blick traf sich mit dem von Dr. Martinez.

Für einen Moment gab es eine Verbindung zwischen ihnen, die Laurie sonst nur zu sehr wenigen anderen Menschen besaß.

„Süßer lustiger Kerl. Muss ich noch irgendetwas beachten für seine Krankenpflege?", fragte sie verlegen. Die ganze Situation war unwirklich. Sie plauderte mit einem fremden Tierarzt, als wäre er ihr bester Freund. Das war doch nicht normal! Was sie aber mit noch größerer Sorge erfüllte, war der aufkeimende Wunsch, ihn über das Studium und seine Arbeit auszufragen. Natürlich würde sie dem nicht nachgeben. Wozu auch?

„Nein, einfach so weiter machen mit gutem Futter und viel Ruhe. Die Augentropfen bitte weiter zweimal täglich verabreichen und in drei Tagen bringen Sie ihn noch mal zur Kontrolle." Dr. Martinez tat so, als sei das vorangegangene Gespräch nicht ungewöhnlich. Er desinfizierte sich die Hände und wandte sich dann zu einem der Schränke, in denen diverse Bücher standen. Nach kurzer Suche wurde er fündig. Er zog ein Buch mit festem Einband hervor und reichte es Laurie.

„Der Beruf des Tierarztes." Er lächelte etwas schief und sagte dann: „Ganz unverbindlich. Falls Sie mal schauen wollen, was Sie so verpassen."

Laurie nickte perplex.

36. Ryan

Ryan blickte bereits eine ganze Weile auf das Meer, als ihm eine Idee kam. Eine halbe Ewigkeit verbrachte er hier nun schon und war noch kein einziges Mal schwimmen gewesen. Das musste sich ändern! Er zog T-Shirt und Jeans aus und setzte vorsichtig den ersten Fuß ins Wasser. Es war warm und fühlte sich wie Seide an seiner Haut an. Er watete tiefer hinein, streckte dann die Arme aus und tauchte ganz hinein. Unter der glitzernden Wasseroberfläche erwartete ihn eine Welt, die ihn sofort gefangen nahm. Korallen in den schillerndsten Farben konkurrierten mit ebenso farbenfrohen Fischen in allen Größen und wunderschönen Pflanzen. Ryan wusste kaum, wohin er zuerst blicken sollte. Während er bedächtig seine Bahnen zog und aus dem Staunen nicht herauskam, vergaß er Raum und Zeit, wurde eins mit der Schönheit um ihn herum. Fische schwammen im selben Rhythmus neben ihm, berührten sanft wie Schmetterlingsflügel seine Arme und Beine. Ein neongrüner Fisch gesellte sich dicht neben ihn. Jedes Mal, wenn Ryan sich zu ihm drehte, sah der Fisch ihn mit großen Augen und leicht geöffnetem Maul auffordernd an. Schwimm weiter, sieh dir unsere wunderschöne Welt hier unten an! Ryan gehorchte stumm. Bewunderte Korallenriffe in Purpur, Grün und

Gelb, schwebte über Heerscharen von kleinen Fischen in Azurblau, Pink und Schwarz.

Irgendwann machte sein Begleiter neben ihm einen Salto, warf ihm noch einen freundlich-kecken Blick zu und verschwand. Ryan sah sich nach allen Seiten um, aber er konnte ihn in all der Schönheit nirgends mehr entdecken. Ihre gemeinsame Reise schien beendet.

Eine leise Traurigkeit begleitete Ryan, als er schließlich wieder auftauchte und aus dem Wasser stieg.

Nachdenklich setzte er sich. Sonnenstrahlen trockneten innerhalb von Sekunden seine Haut.

„Na, Ryan Parker, hast du neue Eindrücke gesammelt?" Ava erschien mal wieder aus dem Nichts. Graziös setzte sie sich neben ihm. Ihre rotgoldenen Haare schimmerten im Sonnenlicht wie Feuer. Von den Schläfen ausgehend hatte sie heute schmale Zöpfe in die Frisur geflochten, die mit Margeriten verziert waren. Sie trug einen Jeans-Overall und Sandalen mit Keilabsätzen. Der typische Vanille-Zimt-Duft umgab sie wie eine süße Versuchung.

„Hab ich", stimmt er friedlich zu. Der Rausch des Erlebten klang noch immer in ihm nach.

„Du wolltest immer schon tauchen gehen, hast es aber nie getan", stellte sie nicht ohne Vorwurf fest.

„Das stimmt. Aber ich wusste ja nicht, dass ich mich so beeilen muss. Irgendwann hätte ich den Traum schon realisiert." Es regte sich tatsächlich kein Groll mehr beim Gedanken, dass er wegen seines Schutzengels viel zu früh von der Erde gegangen war.

„Man soll immer alles Wichtige gleich machen. Niemand weiß, wie viel Zeit ihm bleibt."

„Ja, Frau Oberlehrerin." Ryan grinste. „Man weiß ja nie, wann der Schutzengel versagt." Er piekste ihr spielerisch mit dem Finger in die gut gepolsterte Seite.

Sie fuhr herum, eine feine Röte überzog ihre Wangen. Bevor sie zu einer Erwiderung ansetzen konnte, stoppte er sie mit einer Handbewegung. „Kein Streit! Du hast ja Recht, man soll Wichtiges nicht auf die lange Bank schieben. Aber mal ganz im Ernst, manchmal kriegt man nicht alles hin, was man sich wünscht. Das Leben kommt dazwischen mit seinem Alltag, seinen Pflichten und all den Dingen, die eben anstehen. Außerdem ..." Er machte eine kurze Pause. Die Erinnerung legte sich auf ihn wie eine weiche Decke. Er sah sich, immer zwei Stufen auf einmal nehmend, nach einem langen Arbeitstag das Treppenhaus hinaufstürmend. Oben erwartete ihn Laurie freudestrahlend im Türrahmen. Aus der Wohnung zog verführerischer Essensduft. Vertraute Sehnsucht verengte Ryans Brust. Hastig sog er frischen Sauerstoff in seine Lungen, bevor er weiter sprach. „Außerdem war ich vollkommen glücklich, auch wenn ich nicht alle Träume gelebt habe."

Sie seufzte. „Ja, das stimmt. Aber schön ist es doch trotzdem, wenn du hier manches nachholen kannst. Dein Haus ist gebaut, du hast die gesamte Unterwasserwelt erkundet. Und ich glaube ...", sie verpasste ihm einen kleinen Schlag auf den Unterarm „.... dass du mir nun endlich verziehen hast!" Triumpf blitzte in den Saphiraugen auf.

„Möglich, kleine Ava." Er sah sie unergründlich an. Ein bisschen zappeln konnte sie ruhig noch. Immerhin ging es weiterhin um Laurie. „Gibt es auf der Erde etwas Neues?"

„Peter ist zuversichtlich. Er rückt noch nicht mit der Sprache raus, aber neben George hat er wohl noch ein weiteres As im Ärmel."

„Andrew." Ryans Ton war sachlich. Wenn Andrew der Mensch sein sollte, mit dem Laurie wieder glücklich werden würde, dann sollte es so sein. Er dachte an seinen Begleiter unter Wasser. Auch ihn hatte er gehen lassen müssen. Fast schien es, als wäre die Begegnung eine kleine Übung gewesen. Loslassen würde sicherlich nie zu seiner Meisterdisziplin werden, aber etwas weitergekommen war er auf diesem Gebiet inzwischen schon.

Ava schüttelte den Kopf. „Nein, ich glaube nicht."

Überrascht sah Ryan sie an. „Nicht? Was dann?"

„Tja, genau das wüsste ich auch zu gerne!" Sie zog die Nase kraus und blinzelte in den Himmel. „Netter Oberkörper übrigens", sagte sie dann. Ihr Blick glitt bewundernd über seinen Körper, der bis auf die Boxershorts nackt war. „Sport zahlt sich doch aus!" Sie lachte und schüttelte ihre Haare, die im Sonnenlicht aufglimmten.

„Sport und harte Arbeit", verbesserte er.

Dann verfielen sie in Schweigen und saßen still nebeneinander. Ryan ahnte, dass Avas Gedanken genau wie seine zu Laurie wanderten.

37. Laurie

In drei Tagen war Weihnachten. Dank George durfte Laurie das Fest mit gutem Grund weitestgehend ausfallen lassen. Sie konnte sich damit rausreden, dass sie den Kleinen nicht alleine lassen wollte, und Rose würde ihre Wohnung nicht wieder betreten, so lange sich dort ein haariger Mitbewohner aufhielt.

Lauries innerer Kampf hatte sich verändert. Hatte sie sonst einfach nur darum gerungen, die Zeit irgendwie verstreichen zu lassen, musste sie nun darum kämpfen, die nötige Distanz zu George zu wahren. Er war ein überaus angenehmer Mitbewohner. Immer gut gelaunt, stets präsent, ohne besonders aufdringlich zu sein und vor allem roch er furchtbar gut. Erst dachte Laurie, dass sie es sich einbildete. Der angenehme Duft, der mit einem Mal überall in der Wohnung in der Luft hing, konnte unmöglich von dem Hund stammen. Sie hätte nicht einmal sagen können, an was sie der Geruch erinnerte. Am ehesten meinte sie eine Mischung aus Wildblumen und Babypuderduft ausmachen zu können. Wobei ihr klar war, dass Welpen weder nach Blumen noch nach Baby riechen konnten. Trotzdem roch es in ihrem Zuhause nun so oder zumindest ähnlich.

Den Umstand hätte Laurie problemlos tolerieren können. Was ihr aber wirklich zu schaffen machte, war die Tatsache, dass es schön war, die Wohnung wieder mit einem Lebewesen zu teilen.

Dabei wollte sie es nicht schön haben! Das verführte nur zu unnötigen Gedankenspielen. Was wäre wenn ... Stopp! Sie griff zur Fernbedienung und drückte wütend auf den Knöpfen herum. Erst als sie einen Sender mit Nachrichten gefunden hatte, auf dem der Moderator gerade von einem Amoklauf berichtete, lehnte sie sich aufatmend im Sofa zurück. Die Welt war schlecht, und sie durfte sie bald verlassen. Das war alles, was zählte. George schnaufte leise neben ihr. Die Barthaare an seiner zerknitterten Schnauze zitterten leicht im Takt seines Atems. Er gab kleine wimmernde Laute von sich und trat mit den Pfoten kräftig nach hinten aus. Wieder so ein Moment, in dem sich Lauries Mundwinkel belustigt verzogen, obwohl sie ihnen dafür keinen Auftrag gegeben hatte. Diese Momente häuften sich, und sie waren gefährlich! Abrupt stand sie auf und trat ans Fenster. Sie schob die Gardine zurück und blickte in die Dezember-Dämmerung. Wieder ein Tag fast geschafft! Die Freude darüber war ihr abhanden gekommen, wie sie alarmiert feststellte. Ihr Blick schweifte über die blinkende Weihnachtsbeleuchtung, die in fast jedem Fenster in der Nachbarschaft erstrahlte.

Und dann sah sie es. Dicke weiße Flocken segelten aus einem anthrazitfarbenen Himmel, wirbelten neonbeleuchtet durch die Luft und bildeten einen ersten weißen Hauch auf den Straßen und den Dächern der Autos. Laurie sog scharf die Luft ein. Schnee ... Schmerzhafte Erinnerungen blitzten in ihrem Kopf auf. Die erste Schneeballschlacht mit Ryan. Sie waren albern gewesen, wie Laurie es nicht einmal war, als sie zehn

Jahre alt gewesen war. Sie jagten und balgten sich wie Kinder, bis er sie schließlich schnappte, dicht an sich zog und seine eiskalte Wange an ihre presste. Baby, ich werde dich immer lieben, nichts wird das je ändern! Dann war die Welt in einem nicht enden wollenden Kuss versunken.

Ihre Augen brannten, als sie hinaussah ins geschäftige bunte Treiben. New York verwandelte sich mehr und mehr in ein Winterwunderland. Alles Schmutzige verhüllt in einem Traum aus Weiß. Das da draußen war nichts als ein Fake. In jeder Sekunde konnte sich alles Schöne in einen Albtraum verwandeln. Das wusste sie genau.

Ihre Gedanken wanderten weiter zurück in die Vergangenheit. Gingen zurück zu Momenten, die sie für immer ausgeblendet gedacht hatte. Dad ... er war noch alberner gewesen als Ryan. Mit ihm zusammen beim Schlittschuhlaufen im Centralpark. Es war ihr erstes Mal gewesen, entsprechend wacklig hatte sie auf ihren neuen Schlittschuhen gestanden. Unsicher, was sich schlagartig änderte, als er ihre kleine, in einem roten Handschuh steckende Hand fest in seine große genommen hatte. Sie war sechs Jahre alt und ging ganz selbstverständlich davon aus, dass Daddy immer da sein würde, wenn sie Unterstützung brauchte. Mit ihm an ihrer Seite konnte ihr nichts passieren, da war sie sicher. Prinzessin, du und ich für immer! Sie wusste noch nicht, dass das bevorstehende Weihnachtsfest das letzte sein sollte, das sie zu dritt verbringen würden. Mommy, Daddy und sie.

Kurz vor Ostern hatte er dann einen Koffer gepackt und war fortgegangen. Eine letzte Umarmung, ein gemurmeltes „Es ist besser so …“, und dann waren sie nur noch zu zweit. Das einzige, war sie noch eine Zeitlang von Daddy erhielt, waren Postkarten. Bunte, aus allen Teilen der Welt. Sie hütete sie wie einen Schatz. Schließlich wurden sie seltener und irgendwann war auch das vorbei. Als sie vierzehn war, verbrannte sie die Karten. Sie kam gut ohne ihren Vater zurecht. Sie brauchte ihn nicht mehr.

Tränen stiegen Laurie in die Augen. Ryan, er war so anders gewesen als ihr Vater. Bei ihm wusste sie, dass sie sich auf ihn verlassen konnte. Dass er nicht eines Tages wie eine Fatamorgana wieder verschwinden würde. Er hatte es doch getan, aber es war nicht sein Fehler. Freiwillig hätte er sie nie im Stich gelassen.

Laurie stöhnte gequält auf und presste eine Hand vor den Mund. Sie wollte zu ihm, sich endlich wieder sicher und geborgen fühlen. So, wie in den vier Jahren, die sie mit ihm verbringen durfte. Ohne ihn war die Welt wieder kalt und leer. Genauso wie damals, als Daddy gegangen war. Ihr wurde schwindlig, ihre Beine drohten zu versagen. Mühsam schleppte sie sich zurück zum Sofa. George sah sie aufmerksam an. Sie konnte nicht anders, als ihn nehmen und sich auf den Schoß zu setzen. Dann vergrub sie ihr Gesicht in seinem seidigen Fell, während ihre Hände Halt an dem kleinen Körper suchten. Im Nu war Georges Fell von ihren Tränen durchnässt.

Laurie verlor jedes Zeitgefühl. Trauer und Verlust überrollten sie in Wellen, erschütterten ihr Inneres und hinterließen wie jedes Mal diesen jämmerlichen Rest eines Menschen, der sie einmal gewesen war. Es wurde nicht besser, es würde nie besser werden. Sie wusste es ja. Ohne Ryan war und blieb sie verloren. Mit dem Schmerz war nicht zu verhandeln, er blieb gnadenlos, egal wie viel Zeit verging.

Ein Jahr ohne ihn war die Hölle gewesen. Weitere konnte sie nicht überstehen.

Irgendwann hob sie den Kopf und öffnete die Augen. George hatte sich die ganze Zeit nicht gerührt, jedenfalls nicht, soweit Laurie es mitbekommen hatte. Nun hob auch er den Kopf. Ihre Blicke kreuzten sich für einen intensiven Moment. Mit einem leisen Jaulen leckte der Hund ihre Hand. Deutlicher hätte er seine Anteilnahme nicht ausdrücken können. Laurie spürte, dass George jederzeit bereit war, sie mit allem, was er hatte und konnte, zu trösten. Ihre Kehle wurde eng. Er war so rührend in seinen Bemühungen, konnte nicht wissen, dass es in diesem Fall keinen Trost gab. Er war ja nur ein Hund. Und er gab sein Bestes. Dass es nicht reichte, war nicht seine Schuld.

38. Ava und Peter

Zum ersten Mal hatte Ava Peter in ihren persönlichen Wohlfühlhimmel eingeladen. Sie erwartete ihn in fünf Minuten. Nervös flatterte sie durch die Räume der kleinen Holzhütte, fegte letzte Schokoladenkrümelchen von Tischen, stopfte ein vergessenes Kleid in die dunkle Holztruhe, mit der sie so viele Erinnerungen verband, bevor sie Kerzen in Keramikhaltern und bauchigen, leeren Weinflaschen anzündete. Jeden Tag aufs Neue freute sie sich über die prächtigen Farben von Vorhängen, Kissen und Teppichen. Bei der Gestaltung ihres himmlischen Zuhauses hatte sie kräftiges Rot und Orange mit Gelb – und Goldtönen gemischt und war immer wieder stolz auf das Ergebnis. Das Feuer im offenen Kamin loderte hell und lud zum Verweilen auf den Sitzkissen ein, die auf dem Boden davor drapiert waren. Auf einem Tablett standen Rotwein und verschiedene Knabbereien bereit. Sie war außerordentlich zufrieden mit sich, trotzdem hüpfte ihr Herz vor Aufregung in der Brust. Laut vor sich hin pfeifend ging sie in den Flur und stellte sich vor den mannshohen Spiegel, der von einer gusseisernen, verspielten Umrandung eingefasst war. Sie trug ihr kirschrotes Kleid, Cowboystiefel und hatte sich goldene Bänder in die Haare geflochten. Ihre Wangen waren leicht gerötet, was sie auf das hektische Aufräumen zurückführte. Gerade hatte sie ihre Locken zurechtgezupft und sich noch einmal das Kleid glatt gestrichen, als es auch schon klingelte. Natürlich war Peter auf die Minute pünktlich. Alles andere hätte sie auch gewundert.

Schwungvoll riss sie die Tür auf.

Peter trug einen braunen Cord-Anzug, ein weißes Hemd und ein verlegenes Lächeln auf den Lippen. In den Händen hielt er einen roten Rosenstrauß.

„Hi, Ava." Er beugte sich zu ihr hinunter und hielt ihr schüchtern die Blumen hin.

„Hi, Peter." Fast ebenso schüchtern nahm sie das Geschenk entgegen. Mit einer einladenden Geste wies sie nach drinnen.

In blank polierten Schuhen tappte Peter hinein. Seine langen Arme baumelten hilflos an ihm herunter. Sie kicherte lautlos, während sie hinter ihm her trippelte.

„Nimm doch schon mal Platz." Sie wedelte zum Kamin und entfernte sich in Richtung Küche. Rasch nahm sie dort eine Vase aus Ton aus einem Regal, befüllte sie mit Wasser, stellte die Rosen hinein und eilte zurück ins Wohnzimmer.

„Da bin ich wieder", flötete sie und stellte die Blumen auf einem Mauervorsprung ab.

Peter saß kerzengerade vor dem Kamin und löste nun seinen Blick von den züngelnden Flammen. „Du hast es dir hier sehr schön gemacht, Angie. Mit deinem sicheren Händchen fürs Einrichten hast du mir einiges voraus, das muss ich zugeben."

„Oh, danke." Sie merkte, wie ihr das Blut in die Wangen schoss. „So ein Haus habe ich mir in meinem früheren Leben immer gewünscht, aber leider bin ich über mein schmutziges Zimmer in Harlem nie hinausgekommen." Sie kratzte sich verschämt am Kopf und setzte sich neben ihn. Dann zog sie ihre Westernstiefel aus und streckte die nackten Füße zum Feuer hin.

„Du hast so süße kleine Zehen", platzte es aus ihm raus.

Sie lachte herzlich, wackelte mit den Füßen, so dass der goldene Nagellack auf ihren Nägeln Funken zu sprühen schien und goss dann den Wein in die bereit gestellten Gläser. „Worauf trinken wir? Auf meine süßen kleinen Zehen oder gibt es Neuigkeiten, auf die es sich lohnt, anzustoßen?" Erwartungsvoll sah sie ihn an.

Er nahm das Glas entgegen, senkte den Blick in den tiefroten Wein, als suche er dort Wahrheit, bevor er schließlich mit gesenkter Stimme sagte: „Es gibt Neuigkeiten, aber noch kann ich nicht darüber sprechen."

Sie seufzte, Falten kräuselten ihre Stirn. So gerne, wie sie Peter hatte, aber manchmal trieb er sie mit seiner Geheimnistuerei in den Wahnsinn. „Das ist ja nichts Neues, das hast du mir schon vor geraumer Zeit erzählt. Also immer noch die gleiche Leier." Die Enttäuschung färbte ihre Stimme ungewohnt dunkel.

„Oh nein, so war das nicht gemeint! Es gibt eine weitere Neuigkeit. Aber die ist eine Überraschung, weil sie auch uns beide betrifft. Und wenn ich es dir erzählen würde, wäre es doch keine Überraschung mehr. Außerdem ist es noch nicht ganz sicher, dass es klappt. Aber ich bin zuversichtlich."

„Oh ..." Ava war für einen Moment sprachlos. Eine Überraschung für sie beide. In ihrem Kopf ratterte es. „Dann trinken wir eben auf alle guten Neuigkeiten, die jetzt auf uns zukommen!", sagte sie schließlich und hielt ihm ihr Glas entgegen.

Peter lächelte sanft.

39. Laurie

Winterwunderland. Laurie stand am Wohnzimmerfenster und sah hinaus. Die Wut, die seit dem Morgen in ihr schwelte, wuchs stetig und ließ sie die Fäuste ballen. Ihr Magen war schon seit Stunden verkrampft und schmerzte. Es schneite so selten im Dezember in New York. Verdammt! Warum musste Greenwich Village ausgerechnet an ihrem letzten Weihnachten mit einer weißen Watteschicht verziert werden und damit derart zauberhaft aussehen? Sie biss die Zähne zusammen. War der Lichterglanz der vielen Weihnachtsdekorationen in den Fenstern der Häuser schon schwer zu ertragen gewesen, so setzte der seit gestern stetig fallende Schnee dem Ganzen die Krone auf.

Anders als sie war George leider begeistert von dem Wetter. Jedes Mal, wenn sie mit ihm vor die Tür ging, konnte er gar nicht genug kriegen von der kalten Pracht. Mit Begeisterung schlidderte er durch den Schnee, freudig vor sich hin bellend und ein breites Lachen im Gesicht. Hunde konnten tatsächlich lachen, wie Laurie irritiert festgestellt hatte. Noch schlimmer war, dass sie mit ihm gelacht hatte. Das hatte sie auch wütend gemacht. Lachen bedeutete Leben, bedeutete weiter leben. Und das kam überhaupt nicht infrage! George ging es von Tag zu Tag besser, das Fieber war nicht zurückgekommen, und er sah inzwischen erstaunlich wohlgenährt aus. Dr. Martinez war zufrieden mit ihm und Laurie erleichtert, dass der Hund rechtzeitig vor Neujahr zu seiner neuen Familie ziehen konnte. Es gab aufgrund des Aushangs in der Tierarztpraxis einige Anfragen, die sie in der kommenden Woche beantworten wollte.

Vorher musste sie allerdings Weihnachten hinter sich bringen. Ihre Hoffnung, dass sie es wegen George ohne Probleme ausfallen lassen konnte, hatte sich nicht erfüllt.

„Liebes, hast du irgendwo Pfeffer?", rief Rose aus der Küche. Ihre Mutter und Jessy werkelten dort gemeinsam am Weihnachtsmenü. Als ob das nicht schon schlimm genug war, erwarteten sie auch noch Ryans Familie zum Essen.

Laurie war so perplex gewesen, dass sie keine Einwendungen äußern konnte, als Rose vor zwei Tagen ganz beiläufig erwähnt hatte, dass sie mit Ellen telefoniert hätte. Sie seien übereingekommen, das Weihnachtsfest gemeinsam zu feiern. Laurie hätte doch sicher nichts dagegen, ihre Wohnung zur Verfügung zu stellen. „Und was ist mit George?", hatte sie nur schwach gefragt. Rose hatte abgewunken. „Du weißt doch, wie sehr Ellen und Harry Tiere lieben." Sie selbst schien sich erstaunlicherweise keine Sorgen mehr wegen ihrer Allergien zu machen. „Ich kümmere mich auch ums Essen!" Ihr Totschlagargument. Was sollte Laurie da noch sagen? Sie hatte ohnehin ein schlechtes Gewissen ihren Schwiegereltern gegenüber. Sie konnte es an einer Hand abzählen, wie oft sie mit ihnen im letzten Jahr telefoniert hatte. Jedes Mal waren es anstrengende Gespräche gewesen. Jeder von ihnen gefangen in seiner Trauer um Sohn und Ehemann. Und nun würden sie gleich hier sein. Zusammen mit Ryans Schwestern. Lauries Magen krampfte sich noch etwas mehr zusammen.

„Laurie, Schatz? Der Pfeffer?" Rose stand mit geröteten Wangen und zerzausten Haaren in der Wohnzimmertür.

„Im Schrank rechts über dem Herd", murmelte Laurie.

Rose nickte und blickte hektisch auf ihre Armbanduhr. „Wir haben noch eine halbe Stunde, dann müssten sie ankommen. Magst du schon mal den Tisch decken?" Ohne eine Antwort abzuwarten, eilte Rose aus dem Raum.

Laurie blickte zu George, der auf seiner Decke auf dem Sofa lag und gerade wach wurde. Verschlafen öffnete der Hund die Augen. Als er Laurie erkannte, schnaufte er erwartungsvoll und begann mit dem Schwanz zu wedeln.

Sie ging zu ihm und setzte sich auf die Sofakante. „Verräter", zischte Laurie. „Ich dachte, du hältst mir Rose vom Leib. Aber nein, stattdessen lädt sie eine ganze Horde zu uns ein."

George wedelte unverdrossen weiter. Sein Blick verfolgte aufmerksam jede ihrer Bewegungen. Seufzend streichelte sie über seinen Kopf. Er brummte zufrieden.

„Okay, mach du das, was du am besten kannst: Rumliegen und Gemütlichkeit verbreiten. Und ich tue mal so, als ob ich eine gute Gastgeberin bin." Unwillig stand sie auf. Weihnachten. Mit der gesamten Familie. Ein Schauer lief über ihren Rücken. Wenn das nur schon alles vorüber wäre. Wieder fühlte sie Wut in sich aufsteigen. Sie hatte das alles so satt, den Schmerz, die Trauer und die entsetzliche Leere. Aber einmal würde sie es noch tun müssen. Sich mit dem Schmerz auseinandersetzen. Nicht nur mit ihrem eigenen, sondern auch mit dem von anderen. Um das auszuhalten, musste sie sich nur immer wieder sagen, dass es in sechs Tagen endgültig vorüber sein würde. Bis dahin würde George umgezogen sein, ihre letzte Aufgabe damit beendet, und sie dürfte endlich zu Ryan gehen. Dann hätte sie seinen Wunsch erfüllt. Ein Jahr. Ein Jahr ohne ihn. Es war mehr als genug. Sie schluckte den bitteren Geschmack auf ihrer Zunge hinunter. Ein allerletztes Mal würde sie die tapfere Witwe sein, die das Trauerjahr zwar vielleicht nicht vorbildlich hinter sich gebracht hatte, es aber zumindest geschafft hatte. Ein allerletztes Mal würde die tapfere Witwe, die ja noch so jung war, den Eindruck vermitteln, nach vorne zu schauen und sich langsam mit einer neuen Zukunft anzufreunden.

***

Der Esstisch bog sich fast unter all den Köstlichkeiten, die Rose und Jessy aus der Küche angeschleppt hatten.

Rose hatte es sich nicht nehmen lassen, den Truthahn wie in jedem Jahr nach ihrem eigenen Rezept mit Maronen, Äpfeln, Zwiebeln und Speck zu füllen. Als Beilage gab es wie immer Kartoffelbrei mit gerösteten

Zwiebeln, grüne Bohnen, Rosenkohl und einen Süßkartoffelauflauf. Inmitten von Kerzen in Silberleuchtern dampfte das Essen vor sich hin.

Laurie drängte die Tränen zurück. Der vertraute Duft des Weihnachtsmenüs zusammen mit dem ebenso vertrauten Kreis von Menschen um ihren Tisch, machte ihr wieder nur deutlich, dass der wichtigste Mensch in ihrem Leben fehlte. Ryan. Wie konnte sie hier sitzen, Gäste haben, und Weihnachten feiern so wie früher? Als hätte sich nichts verändert. Eine Farce. Die sie aber irgendwie überstehen musste.

„Schön, dass ihr kommen konntet." Sie klang gefasst. Nickte Ryans Eltern und seinen Schwestern kurz zu, griff zu ihrem Weinglas, hob es hoch und sagte in die Runde: „Auf alles, was wir lieben."

„Auf Ryan." Ellen Parkers Augen glänzten. Sie war eine rundliche Frau von knapp sechzig, die ihr ganzes Leben ihren drei Kindern und ihrem Mann gewidmet hatte. Bis zu Ryans Unfall hatte sie eine fast faltenfreie Haut mit einem frischen Teint gehabt. Jetzt wirkte ihr Gesicht leicht aufgedunsen und die Trauer hatte tiefe Falten um ihre Augen gegraben.

Laurie hatte ihre Schwiegermutter immer gemocht. Die herzliche und unkomplizierte Art von Ellen hatte es ihr leicht gemacht. Trotzdem gab es keine enge Verbindung zwischen ihnen. Ein Umstand, der es nicht gerade leichter machte in einer Zeit, in der jede Normalität lange aufgelöst war.

„Auf Ryan." Der Tonfall von Harry, Ryans Vater, war seltsam dumpf.

Laurie zuckte unmerklich zusammen. Die Ähnlichkeit Ryans mit seinem Vater machte ihr zu schaffen, seitdem sie dem Besuch die Tür geöffnet hatte. Vielleicht war das sogar der entscheidende Punkt, warum sie es im vergangenen Jahr immer wieder vermieden hatte, ihre Schwiegereltern zu treffen. Die Entfernung nach Harrisburg hielt als Grund nicht mal vor ihr selbst stand.

Zögernd tastete Lauries Blick über Harrys Gesicht. Genau wie seine Frau wirkte auch er deutlich angeschlagen. Er war immer ein zurückhaltender, schweigsamer Mensch gewesen, aber nun war er völlig in sich gekehrt. Laurie hatte das Gefühl, dass er im letzten Jahr geschrumpft war. Er war einmal ähnlich groß, schlank und durchtrainiert gewesen wie sein Sohn. Jetzt war er gebeugt und hager. Seine hellblonden Haare, die noch vor einem Jahr nur von wenigen grauen Strähnen durchzogen gewesen waren, waren nun komplett ergraut und seine Hände zitterten.

„Auf Ryan." Mabel und Jennifer, Ryans Schwestern, flüsterten fast, warfen sich unsichere Blicke zu.

Am liebsten würden sie sich bei den Händen halten, dachte Laurie mit einem letzten Rest Mitgefühl, den sie von irgendwoher zusammklaubte. Eigentlich war sie davon ausgegangen, dass es für dieses Leben aufgebraucht sei.

Sie trank ihr Glas fast mit einem Zug aus, kippte gleich wieder nach. Falls es irgendjemand befremdlich fand, so sagte es niemand.

„Lasst euch schmecken, was Mom mit Jessys Hilfe gezaubert hat!" Laurie machte eine auffordernde Geste. Der Truthahn war von Jessy bereits fachmännisch tranchiert worden. Nun sprang ihre Freundin wie auf ein heimliches Kommando auf, schnappte sich das

Besteck und verteilte nach Wunsch Keulen, Flügel und saftiges Brustfilet.

Laurie versuchte sich an einem Lächeln. Es blieb irgendwo schief an ihren Lippen hängen, während sie sich den Teller füllen ließ und den ersten Bissen in den Mund schob. Der vertraute Geschmack trieb ihr schon wieder die Tränen in die Augen. Hastig sah sie hinüber zu George, der es sich auf dem Teppich vor dem Fenster gemütlich gemacht hatte. Auf keinen Fall würde sie hier und jetzt in Tränen ausbrechen. Der Anblick des kleinen Hundes musste ihr die Kraft geben, es nicht zu tun.

„Ein ganz entzückender kleiner Kerl." Ellen war ihrem Blick gefolgt. Sie lächelte Laurie zu. „Wirst du ihn behalten?"

Laurie schüttelte heftig den Kopf. „Nein. Ich suche gerade einen guten Platz für ihn. Es gibt schon einige Anfragen, und er wird voraussichtlich Ende nächster Woche umziehen."

George hob den Kopf, seine Ohren stellen sich auf, soweit dies möglich war. Dann traf Laurie sein vorwurfsvoller Blick. Schnell sah sie an ihm vorbei. Ihr Herz setzte für einen Schlag aus. Der Mops wusste, was sie vorhatte. Für einen Moment bekam sie keine Luft. Tränen verdunkelten ihren Blick. Rasch richtete sie ihre Aufmerksamkeit auf ihren Teller, ordnete Gemüse und Fleisch neu an, als hätte das irgendeine Bedeutung und nahm einen weiteren kleinen Bissen. Sie konzentrierte sich darauf zu kauen und zu schlucken. Reiß dich zusammen! So kurz vor ihrem Ziel würde sie nicht zusammenbrechen.

Jessy, die neben ihr saß, legte eine Hand auf ihren Arm und sah sie mitfühlend an. Laurie war froh, dass sie hier war. Die Eltern ihrer Freundin befanden sich auf einem ausgedehnten Trip durch Europa und ihr derzeitiger Lover stand erst abends zur Verfügung, so dass Jessy der Einladung gerne gefolgt war. Weihnachten, der Tag, an dem absolut jeder mit seiner Familie zusammen war. Ein Tag, an dem vielleicht sogar eine Frohnatur wie Jessy an ihre Grenzen käme, wenn sie ihn alleine verbringen müsste. Laurie verbannte den Gedanken daran, wie es Jessy gehen würde, wenn sie selbst erst zu Ryan gegangen wäre. Eine Gänsehaut überzog ihre Arme. Schnell griff sie zu ihrem Weinglas und trank einen weiteren großen Schluck. Sie machte sich viel zu viele Gedanken. Immer noch. Verzweifelt rief sie sich ins Gedächtnis, dass George ihre letzte Aufgabe war. Alles andere war nicht mehr wichtig.

„Schade. Ich finde, ihr beide passt wunderbar zusammen." Ellens warmes Lächeln verstärkte Lauries Gänsehaut.

Sie hustete und krallte ihre Hand in die Serviette.

„Er wird bestimmt eine tolle Familie bekommen."

„Laurie hat doch gar keine Zeit für einen Hund", kam Rose ihr zu Hilfe.

Die Art, wie Ellen Laurie über den Rand ihres Glases hinweg betrachtete, war genauso liebevoll wie skeptisch. Schließlich nickte sie und strich sich eine Strähne ihrer nussbraunen Locken aus der Stirn. „Trotzdem schade. Für euch beide."

***

Es war tatsächlich geschafft!

Laurie schloss die Tür hinter ihren Gästen und atmete erleichtert auf. Als sie ins Wohnzimmer zurückkam, hörte sie das leise Schnarchen von George. Der Tisch war abgeräumt und es erinnerte kaum noch etwas an das Festmahl, das hier gerade noch stattgefunden hatte. Rose und Jessy hatten die Wohnung unauffällig in ihren normalen Zustand zurückversetzt. Ohne nachzusehen wusste Laurie, dass auch die Küche wieder blitzblank war. Lediglich der Tannenstrauß mit den roten Kugeln, den Ellen ihr überreicht hatte, erinnerte noch daran, dass heute der 25. Dezember war.

Die Stille in der Wohnung mutete seltsam an, obwohl Laurie sie inzwischen gewöhnt sein sollte. Sie streifte ihre Pumps ab, schenkte sich Wein ein und setzte sich zu George aufs Sofa. Jennifer und Mabel hatten es sich nicht nehmen lassen, die Abendrunde zu übernehmen, so dass Laurie jetzt keinen weiteren Pflichten nachkommen musste.

„Hey kleiner Mann, wir haben es tatsächlich geschafft." Laurie nahm Georg hoch und setzte ihn auf ihren Schoß. Als sie ihr Gesicht an seine Stirn legte, zuckte sie zurück.

„Ist die Heizung zu hoch eingestellt?" Noch während sie die Frage aussprach, kannte sie bereits die Antwort. George hatte wieder Fieber. Hohes Fieber! Dazu passte auch, dass er schlaff in ihren Händen hing, die Augen nicht öffnete und scheinbar nichts wollte als schlafen.

„Das kann doch gar nicht sein!" Verzweifelt massierte sie seinen kleinen Rücken. „Was machen wir denn jetzt bloß?"

Am Weihnachtsabend würde keine Tierarztpraxis geöffnet haben. Allenfalls hätten Kliniken Notdienst. Die Aussicht dort mit George hinzufahren war wenig verlockend. Außerdem waren die einzigen Hände, in die sie sein Wohl legen mochte, eindeutig die von Dr. Andrew Martinez.

Er hatte ihr seine Handynummer gegeben. Für den Notfall. Es schien eindeutig ein Notfall zu sein. Aber es war Weihnachtsabend! Laurie kämpfte mit sich. Konnte sie den sympathischen Tierarzt an so einem Tag um Hilfe bitten? Als George röchelnde Geräusche von sich gab, die Augen halb geöffnet und nur das Weiße zeigend, fiel ihr die Entscheidung nicht mehr schwer. Sie schob den Hund in eine bequeme Lage und sprang auf. Hastig griff sie nach ihrem Handy, das auf dem Wohnzimmertisch lag.

Er meldete sich nach dem zweiten Klingeln.

„George, es geht ihm wieder sehr schlecht. Das Fieber ist zurück." Laurie schluckte. „Entschuldigung, hier spricht Laurie Parker."

„Ja, das dachte ich mir schon." Seine warme Stimme klang belustigt. Dann wurde er ernst. „Sind Sie sicher, dass er wieder Fieber hat?"

„Ziemlich. Er glüht und ist apathisch. Ich verstehe das überhaupt nicht. Es ging ihm den ganzen Tag über gut. Eben war er noch mit meinen Schwägerinnen draußen. Der Schnee hat ihm so gut gefallen. Oh Gott, bestimmt war das viel zu kalt für ihn." Das schlechte Gewissen drückte ihre Brust zusammen.

„Wie lange war er denn draußen?"

„Eine Viertelstunde etwa."

„Ich denke nicht, dass das die Ursache ist. Soll ich zu Ihnen kommen und nach ihm sehen?"

Laurie fiel ein Stein vom Herzen. „Wenn es nicht zu viele Umstände macht."

„Doch. Ich hatte es mir schon mit einem Rotwein auf dem Sofa bequem gemacht. Aber für George nehme ich das gerne auf mich."

Sie wusste, dass er jetzt lächelte.

„Ich habe auch Rotwein da." Sie war so erleichtert, dass sie ebenfalls lächelte.

„Okay, ich bin in 15 Minuten bei Ihnen."

Die Verbindung war unterbrochen.

40. Ryan

Ryan saß in seinem Wohnzimmer und blickte wehmütig auf den Weihnachtsbaum vor dem Fenster. Er reichte bis unter die Decke und war ein Traum in Silber, Türkis und Blau. Ob Laurie dieses Jahr auch wieder einen ähnlichen Baum hatte? Er verschränkte die Hände in seinem Nacken und lehnte sich auf seinem Sessel zurück. Weihnachten. Seltsam, es hier im Vorhimmel, wo es sommerlich warm war, noch einmal nachzuspielen. Erst hatte er Avas Idee völlig absurd gefunden, aber dann hatte er es doch getan und sein Haus festlich geschmückt. Eigentlich war das immer Lauries Domäne gewesen, sie hatte in solchen Dingen mehr Geschick. Trotzdem war er jetzt mit seinem Ergebnis zufrieden. In den Fenstern funkelten Lichterketten und unzählige Kerzen verbreiteten ein warmes Licht. Ryan dachte zurück an frühere Weihnachten. Als alles noch so war, wie es sein sollte. Er zusammen mit Laurie und dem Rest der Familie. Seinen Eltern, seinen Schwestern und Rose. Das üppige Festessen, nach dem sich keiner mehr rühren mochte.

Ein Klopfen riss ihn aus seinen Gedanken.

Ava steckte ihren Kopf durch die Tür. „Liebster Ryan, darf ich reinkommen?"

Er nickte. „Klar."

Sie sauste ins Zimmer und ließ sich auf den Sessel neben ihm plumpsen. Zu einem weinroten Samtkleid trug sie schwarze Spangenpumps, die ebenfalls aus Samt waren. Ava schien sich große Mühe gegeben zu haben, festlich auszusehen. Mit Erfolg, dachte Ryan. Er sah allerdings keinen Anlass, ihr das mitzuteilen. „Und?", fragte er stattdessen.

Sie kaute auf ihrer Wange und senkte den Kopf.

„Wie sieht es bei Laurie aus? Sag schon!"

„George ist dabei, schwerere Geschütze aufzufahren."

„Also war sie immer noch nicht von ihrem Plan abzubringen?" Er runzelte die Stirn.

„Nein." Zögernd hob sie den Kopf und blickte ihn an. „Aber wir sind zuversichtlich, dass George die Wende noch hinbekommt."

Er beugte sich nach vorne und stützte die Ellbogen auf seinen Knien ab. „Ihr und eure Zuversicht."

„Zuversicht ist alles!", bemerkte sie spitz und fuhr mit ihrem Zeigefinger in die Höhe. „Wie sieht es denn bei dir eigentlich aus? Vielleicht hat das auch Einfluss auf Lauries Verhalten."

„Was genau meinst du?" Er sah sie fragend an.

„Na ja, bist du jetzt bereit, endgültig loszulassen?"

Ryan holte tief Luft. „Ja, bin ich. Es ist nach wie vor schwer. Aber ja, ich bin bereit, Laurie gehen zu lassen, wenn sie dafür die Aussicht auf ein glückliches Leben hat."

„Schön, lieber Ryan Parker. Du hast deine Aufgabe gut gemacht." Sie strahlte und fuhr sich durch ihre wallenden Locken, die im Schein der Kerzen wie Feuer loderten.

„Danke", brummte er. Er hielt einen Moment inne, bevor er weitersprach. „Ja, ich bin bereit, weiterzugehen. Ich lasse Laurie gehen, aber es ist trotzdem verdammt schwer und es tut immer noch weh." Traurig sah er sie an.

„Ich weiß, mein Lieber", sagte sie sanft und legte ihre kleine Hand auf seine.

Eine ganze Weile saßen sie so still beieinander, jeder gefangen in seinen Gedanken.

Als Ava schließlich aufstand und sich das Samtkleid glatt strich, hatte sich die Atmosphäre im Zimmer verändert. Vielleicht kam es Ryan auch nur so vor, aber er hatte das Gefühl, als hätte er es nun endgültig geschafft, Frieden mit allem zu schließen. Mit seinem Verlust, seiner Trauer, seinem Leben, mit allem Gutem und allem Schlechten. Und weil er diesen Frieden nun besaß, war er imstande und bereit, all das auch hinter sich zu lassen. Er stand ebenfalls auf. „Siehst übrigens toll aus. Peter wird begeistert sein!" Er grinste.

„Danke!" In ihren Augen blitzte es erfreut.

41. Laurie

„Seltsam", murmelte Dr. Martinez, während er George, der immer noch schlaff auf dem Sofa lag, sanft und routiniert abtastete. Seine Stirn hatte sich in Falten gelegt und sein Blick drückte Besorgnis aus.

Angespannt verfolgte Laurie jede Handbewegung des Tierarztes. Sie war erleichtert, dass er hier war. George war inzwischen kaum noch ansprechbar, die Lage war ernst, sehr ernst. Soviel war klar. „Was meinen Sie?", fragte sie nervös.

Er schüttelte den Kopf. „Ich weiß es nicht. Wie beim ersten Mal hat er keine weiteren Symptome außer diesem extrem hohen Fieber. Die Blutwerte würden uns vermutlich auch nichts nützen. Ich glaube nicht, dass wir jetzt Auffälligkeiten finden würden. Davon abgesehen, dass wir die Ergebnis frühestens übermorgen hätten, was viel zu spät ist."

Er beendete die Untersuchung mit einer fiebersenkenden Spritze. „Wenn ich es nicht besser wüsste, würde ich meinen, dass Georges Symptome psychischer Natur sind."

Laurie sah ihn erschrocken an. War es möglich, dass George wusste, dass er bald ein neues Zuhause bekommen sollte? Und wusste er womöglich, was sie vorhatte? Das konnte doch gar nicht sein! Ihr wurde kalt.

„Möchte Sie vielleicht einen Kaffee?“, fragte sie rasch, um sich abzulenken.

„Gerne. Schwarz, bitte.“

„Sekunde.“ Sie eilte in die Küche, stellte den Vollautomaten mit fahrigen Bewegungen an und lehnte sich dann schwer gegen die Spüle. In ihrem Kopf ging alles drunter und drüber. Das Weihnachtsessen, ihre Schwiegereltern, das Vertraute, das sich gleichzeitig vertraut und erschreckend fremd angefühlt hatte, ohne Ryan ... Ihre wilde Entschlossenheit, Ryan zu folgen und trotzdem dieses merkwürdige Gefühl, das im Hintergrund schon den ganzen Tag gelauert hatte. Zum ersten Mal wagte sie es für sich zu benennen. Zweifel. Sie hegte tatsächlich Zweifel an ihrem Entschluss, Ryan zu folgen. In genau diesen Zweifeln lag auch die Wut begründet, die sie heute immer wieder heimgesucht hatte. Wut und Hilflosigkeit darüber, dass es vielleicht doch nicht so einfach werden würde, den Schlussstrich unter ihr Leben zu ziehen. Dabei wünschte sie sich nach wie vor nichts mehr, als bei Ryan zu sein. Und doch konnte sie die Zweifel nicht länger ignorieren.

Der Kaffee für Dr. Martinez war fertig. Laurie seufzte und brachte die Tasse ins Wohnzimmer.

Als er Laurie sah, hellte sich sein Gesicht auf. „Vielen Dank!“

Laurie nahm ihr Weinglas von der Anrichte, setzte sich zu George aufs Sofa und legte eine Hand auf seinen heißen kleinen Körper. „Was machen wir denn jetzt mit ihm, Dr. Martinez?“

„Andrew, bitte. Erstmal können wir nur abwarten, ob die Spritze wirkt.“ Er hob die Schultern und nahm auf der anderen Seite von George Platz.

„Okay, Andrew, ich möchte dich aber nicht zu sehr mit Beschlag belegen, wenn du gehen möchtest … Schließlich ist Weihnachten.“ Laurie lächelte schwach.

Er winkte ab, strich sich eine dunkle Strähne aus der Stirn. Dann betrachtete er den Ring an seiner rechten Hand und sagte schließlich: „Seit dem Tod meiner Frau feiere ich kein Weihnachten mehr.“

„Oh, das … das tut mir leid.“ Nervös trank Laurie einen Schluck. Dann gab sie sich einen Ruck. „Das wollte ich eigentlich auch nicht, aber meine Mutter hat mich überrumpelt. Und so haben wir hier Weihnachten gefeiert wie in den Jahren davor. Als ob nichts geschehen sei. Es war schrecklich.“ Sie senkte den Kopf und ihre schwarzen Haare fielen wie ein Vorhang vor ihr Gesicht.

„Wann ist dein Mann gestorben?“ Seine Stimme war sehr sanft.

„Vor fast genau einem Jahr. Letztes Neujahr“, flüsterte sie.

Und nun ist das Jahr um, das ich ihm versprochen habe. Jetzt darf ich ihm folgen. Eigentlich … Natürlich sprach sie das nicht aus. Stattdessen strich sie sich die Haare aus dem Gesicht und richtete ihre Aufmerksamkeit auf George. Seine Augen waren geschlossen, der Atem ging immer noch stoßweise und klang schnaufend.

„Lisa starb vor fünf Jahren. Seitdem ist nichts mehr wie es war. Und das wird es auch nie wieder sein können." Er fuhr mit den Fingerspitzen über den Rand seiner Kaffeetasse, bevor er einen Schluck trank.

Laurie nickte. Sie fand keine Worte angesichts seines Verlustes. Sein Verlust war ihr Verlust. Vermutlich hatte sie das schon beim ersten Besuch in seiner Praxis am Ausdruck seiner Augen erkannt. Der gleiche Schmerz, das gleiche Entsetzen, das sie seit beinahe einem Jahr um den Verstand brachte, hatten bei ihm dieselben Spuren hinterlassen, mit denen er jetzt schon so lange lebte. Wie schaffte er das?

„Wird der Schmerz irgendwann weniger?" Die Frage war ihr rausgerutscht, ohne dass sie es wollte.

Er sah sie ernst an. „Ja, der Schmerz wird irgendwann erträglicher. Aber ich vermisse Lisa jeden Tag. Das, was ich mit ihr zusammen hatte, gibt es kein zweites Mal. Das weiß ich leider genau." Sein Lächeln war traurig. „Sie ist die Liebe meines Lebens und die gibt es nur einmal, da bin ich sicher."

„Und Ryan meine." Sie grub ihre Finger in Georges Fell, das immer noch wie ein zu groß gekaufter Mantel um ihn schlotterte. Irgendwann würde ihm das Fell passen. Ihr Atem stockte. Wenn er überlebte … Eine eiskalte Hand griff nach ihrem Herzen und presste es zusammen.

Für eine Weile sagte niemand ein Wort. Die Stille wurde nur von Georges Atmen unterbrochen, der mühsam und unregelmäßig klang.

„Ohne meine Arbeit hätte ich damals nicht überlebt", sagte Andrew irgendwann leise. „Der Schmerz saß so gottverdammt tief, dass ich nichts lieber getan hätte, als Schluss zu machen."

Laurie hielt den Atem an.

„Aber jedes Mal, wenn ich nur flüchtig daran dachte, kam wieder einer wie er an." Er tippte den Mops mit dem Zeigefinger an und verzog die Lippen zu einem leichten Lächeln. „Und jemand muss den Job ja machen."

Laurie atmete aus. Es ging tatsächlich nicht nur ihr so. Auch andere wollten in dieser Situation nicht weiter machen.

Taten es dann aber irgendwie doch.

„Man muss irgendeinen Sinn für sich finden. Wenn man den nicht hat, wird es kritisch." Er trank seinen Kaffee aus. „Sagtest du nicht, dass es auch Rotwein gäbe für den armen, an Weihnachten arbeitenden Tierarzt?"

„Ja, natürlich! Kommt sofort." Vorsichtig, um George nicht zu stören, stand sie auf, holte den Wein und ein weiteres Glas. Sie goss Andrew ein und setzte sich dann wieder neben George.

„Auf das Leben von George! Und auf das Leben allgemein!" Andrew sah sie lange an. Laurie konnte den Blick nicht abwenden, obwohl sie innerlich erstarrte. Sie hatte das Gefühl, auch ihm nichts verheimlichen zu können.

„Auf George", flüsterte sie heiser. Sie kippte den Inhalt ihres Glases fast in einem Zug hinunter.

„Hast du dir das Buch inzwischen angesehen?", fragte er nach Weile leise.

Stumm schüttelte sie den Kopf.

„Ich glaube, du wärst eine hervorragende Tierärztin." Er lächelte.

Ihr Herz machte einen Satz. Der Gedanke, doch noch ein Veterinär-Studium in Betracht zu ziehen, verstärkte ihre Zweifel. Noch nie hatte sie sich so zerrissen gefühlt. George war Schuld, ganz eindeutig. Die Sorge um ihn hatte sie zurückgezogen in ein Leben, mit dem sie eigentlich längst abgeschlossen hatte.

„Ich weiß nicht." Sie stellte ihr leeres Glas auf den Tisch.

Ihr war schwindlig, und das kam vermutlich nicht nur vom Wein.

„Denk wenigstens mal darüber nach. Es ist wirklich ein wundervoller Beruf." Er musterte sie über den Rand seines Weinglases, an dem er bis jetzt nur genippt hatte.

Sie wich seinem Blick aus. Daran zweifelte sie ja keine Sekunde. Der Beruf war für sie nicht nur wundervoll, es wäre ein Traum, ihn auszuüben. Aber dafür müsste sie ihren Plan aufgeben, zu Ryan zu gehen. Ihr Herz schlug schneller. Die innere Zerrissenheit nahm zu. Sie wollte so gerne beides, wie ihr schmerzlich klar wurde. Ihr Leben mit Ryan zurückhaben und ein Studium aufnehmen.

In dem Moment bewegte George sich. Er öffnete die Augen und sah Laurie an, die sich zu ihm beugte. Sie schluckte trocken. Der Hund wusste um ihren Kampf. Und sein Blick sagte noch etwas ganz deutlich: Ich lebe nur, wenn du es auch tust! Ihr wurde heiß. Das gab es doch gar nicht!

„Nächste Woche treffe ich die Interessenten für George. Bis dahin muss er wieder gesund sein!" Ihre Stimme klang brüchig. George sah sie immer noch unverwandt an. Ich bleibe bei dir, oder wir sterben zusammen!

Andrew räusperte sich. „Ich glaube nicht, dass er irgendwo anders hin möchte."

Lauries Augen brannten. In dem Moment schob George eine kleine Pfote auf ihr Bein. Sie schnappte nach Luft.

„Vielleicht überlege ich es mir noch", hörte sie sich sagen. George atmete laut aus, während seine Augen zufielen und seine Pfote von Lauries Bein rutschte.

Andrew lachte. „Das hat er verstanden!"

Das befürchtete Laurie auch.

***

Sie hatten die Reste des Festessens vernichtet, zwei Flaschen Wein geleert und stundenlang geredet, während sie abwechselnd wachsame Blicke auf den kleinen Hund warfen, der tief und fest zwischen ihnen schlief und gelegentlich zuckte. Sie hatten ihrer Trauer Worte gegeben, hatten darüber gesprochen, wie es ist, wenn von einem Tag auf den anderen nichts mehr ist, wie es war. Wenn sich die Welt trotzdem einfach weiter drehte. Und Andrew hatte viel über sein Studium und seine Arbeit erzählt. Laurie hatte alle Informationen wie ein Schwamm aufgesogen.

Mit steifen Gliedern stand sie nun auf und trat ans Fenster. Es dämmerte über Manhattan. Weihnachten war vorbei.

Sie hatte längst eine Entscheidung getroffen. Sie würde Ryan an Neujahr nicht folgen. Vielleicht würde sie es irgendwann tun – dieses gedankliche Sicherheitsnetz brauchte sie noch – aber vorerst würde sie es noch einmal mit dem Leben probieren. Vor allem für George.

Sie konnte es tatsächlich nicht mehr übers Herz bringen, ihn anderen Menschen anzuvertrauen. Ob sie wirklich noch einmal studieren würde, wusste sie nicht. Aber irrwitzigerweise war ihr alter, tot geglaubter Traum in den Bereich des Möglichen aufgestiegen. Sie dehnte ihren schmerzenden Rücken und drehte sich um.

George wurde gerade wach. Verschlafen rekelte er sich. Als er die Augen öffnete, wusste Laurie, dass sie Recht hatte. Wenn sie die Entscheidung traf, weiterzuleben, würde er es auch tun. Sie hatte es getan. Sein Blick war wach und klar. Er auch.

„Scheint, als wäre unser Kleiner über den Berg." Andrews Lächeln erhellte sein Gesicht und verscheuchte die Müdigkeit der durchgemachten Nacht.

Laurie nickte. „Danke", sagte sie schlicht.

Er nickte. Ohne es auszusprechen, wussten beide, dass sie nicht nur die Behandlung von George meinte. Sie hatten so viel geredet in der letzten Nacht und manches nicht ausgesprochen, weil es nicht nötig war.

Andrew stand auf und trat zu ihr ans Fenster. Er nahm sie kurz in den Arm. „Das Leben geht weiter."

„Ja." Er war der Einzige, der diesen Satz zu ihr sagen durfte.

42. Ryan

Ryan machte gerade seinen Morgenspaziergang, als Ava von hinten angeschossen kam.

„Sie hat es getan! Sie hat ihre Meinung geändert! Sie wird weiter leben!", jubelte sie und sprang ihm um den Hals.

„Schön", japste er. Sie klammerte sich so fest an ihn, dass kaum noch Sauerstoff zu seinem Gehirn gelangte.

Ganz langsam sickerte die Erkenntnis zu ihm durch. Laurie würde leben. Laurie würde nicht zu ihm kommen.

„Was sagst du?" Ava ließ von ihm ab und sah ihn erwartungsvoll an.

„Hm." Er überlegte, wartete auf den Schmerz, der nicht kam. Eine leise Wehmut erfüllte ihn, aber gleichzeitig spürte er eine zaghafte Freude. Laurie würde ihr Leben zu Ende leben. Genau das sollte sie auch. Es war richtig.

„Ich glaube, ich freue mich", sagte er schließlich unsicher.

„Dann hast du es wirklich getan, du hast echt losgelassen. Du bist ein Held!" Sie strahlte ihn verliebt an. „Liebster, bester Ryan!"

„Ja, ja, schon gut. Mir blieb ja nichts anderes übrig."

„Ich treffe mich gleich mit Peter. Er hat mir eben nur die kurz die Nachricht hinterlassen, dass es ein Happyend gibt! Ach, ich bin so froh." Sie tanzte wild im Sand herum, ihre Haare leuchteten im Sonnenlicht.

„Happyend? Hat Laurie sich in Andrew verliebt?" Ryan verzog das Gesicht. Der Gedanke behagte ihm immer noch nicht.

„Ich glaube nicht." Ava lachte laut. „Eher in George. Und sie wird vielleicht wirklich studieren und Tierärztin werden. Das ist Andrews Verdienst! Ist das nicht wundervoll?" Sie reckte stolz das Kinn, als sei es gar nicht Andrews, sondern ihr Verdienst.

„Oh, das ist gut." Er atmete erleichtert aus. Wenn es nach ihm ginge, wäre es auch früh genug, wenn Laurie sich in einen anderen Mann verlieben würde, wenn er es nicht mehr mitbekäme.

„Du kannst dich jetzt noch in aller Ruhe vom Vorhimmel verabschieden, während ich mich mit Peter treffe", trällerte sie und verschwand.

Nun hieß es also wirklich und endgültig von allem Abschied zu nehmen. Sein Mund wurde plötzlich trocken. Er schluckte.

43. Ava und Peter

„Das haben wir wunderbar zusammen geschafft! Ich bin so froh." Ava schlenderte Arm in Arm mit Peter am Strand, und sah ihn nun liebevoll von der Seite an.

„Ich auch." Er blickte zu ihr hinunter und lächelte.

„Können wir uns eigentlich auch weiterhin sehen, nachdem ich mit Ryan in den richtigen Himmel aufgestiegen bin?"

„Nein, Angie, das geht leider nur in Ausnahmefällen, wie zum Beispiel bei einem Festival. Es muss auf jeden Fall immer extra genehmigt werden. Regelmäßige Treffen so wie jetzt können wir leider nicht mehr haben. "

„Oh." Sie blieb abrupt stehen. Tränen schimmerten in ihren Augen. „Aber das ist ganz schlimm! Ich werde dich furchtbar vermissen." Ihre Unterlippe zitterte, eine Träne rollte ihre Wange hinab.

„Aber ich habe ja noch Neuigkeiten." Er machte eine kunstvolle Pause und ließ seinen Blick über das Meer schweifen.

„Stimmt, das Geheimnis." Ihre Stimme klang unverändert deprimiert. Wenn sie Peter nicht mehr regelmäßig sehen dürfte, war ihr das auch schnuppe.

„Was würdest du sagen, wenn alles noch mal von vorne losgeht?"

„Was meinst du?" Misstrauisch blinzelte sie zu ihm hoch.

„Ich habe einen Sonderantrag gestellt." Er neigte den Kopf zur Seite und betrachtete sie.

„Einen Sonderantrag? Wo?"

„Beim Engelrat."

„Und was hast du beantragt?" Sie hatte keine Ahnung, worauf er hinauswollte. Und ausnahmsweise ging ihr seine Bedächtigkeit auf die Nerven.

„Also, unter bestimmten Voraussetzungen gibt es die Möglichkeit, die Zeit zurückzudrehen."

„Ich denke, das ist unmöglich!" Ihre Augen wurden groß. Langsam hegte sie einen Verdacht, was er meinen könnte. Aber ...

„Eigentlich ist es das auch. Aber wenn ein Mensch ohne sein Verschulden zu früh nach oben reist, und wenn dann noch ein paar andere Kriterien erfüllt sind, dann gibt es die Möglichkeit, den Sonderantrag zu stellen."

„Welche Kriterien?" In ihrem Magen flatterte etwas.

„Nun, zum Beispiel, wenn elementare Dinge gelernt worden sind. Ryan hat vorbildlich das Loslassen gelernt. Und Laurie übertrumpft das sogar noch, indem sie nicht nur das gelernt hat, sondern auch noch, dass es wichtig ist, zu versuchen, seinen Lebenstraum zu erfüllen. Dazu ist sie jetzt bereit."

„Moment, das heißt, die Uhren werden auf letztes Neujahr zurückgedreht?" Sie sah ihn ungläubig an.

„Genau. Natürlich werden beide sich nicht mehr an dieses Jahr erinnern können. Aber bei Laurie wird noch die Erkenntnis vorhanden sein, dass sie Tierärztin werden muss."

„Und wird Ryan sein Haus bauen?" Ihre Stimme überschlug sich fast.

Peter schmunzelte. „Ich denke schon. Aber das hätte er früher oder später sowieso getan, wie ich Ryan kenne."

„Du bist der Beste!" Sie streckte die Arme aus und Peter hob sie vom Boden hoch. Als ihr Gesicht ganz nah vor seinem war, sagte er: „Außerdem hätte ich es auch nicht ertragen, dich nicht mehr zu sehen. Und so haben wir noch das ganze Leben von Laurie und Ryan Zeit dafür."

„Au ja, wir kümmern uns weiter gemeinsam um sie! Mit dir arbeite ich sowieso am liebsten."

Sanft trafen seine Lippen auf ihre.

„Aber die Arbeit muss immer gewissenhaft erledigt werden", mahnte er sanft.

„Selbstverständlich! Noch mal lasse ich es nicht zu, dass mein Ryan zu früh nach oben gehen muss." Sie kicherte vergnügt. „Jetzt, wo ich rehabilitiert wurde."

44. Laurie und Ryan

Ein leises Brummen in ihrem Kopf erinnerte Laurie beim Wachwerden daran, dass der Champagner um Mitternacht zu köstlich gewesen war. Probeweise öffnete sie ein Auge. Die strahlende Sonne über Manhattan hatte sich durch einen Spalt in den Vorhängen einen Weg ins Schlafzimmer gesucht und kitzelte jetzt ihre Nasenspitze. Laurie schloss das Auge wieder und tastete mit der Hand neben sich. Die andere Seite des Betts war noch warm aber leer. Ein Lächeln schlich sich auf ihre Lippen. Ryan, der Frühaufsteher. Selbst am Neujahrsmorgen hielt es ihn nicht lange im Bett. Laurie lauschte. In der Wohnung blieb alles still. Gedämpfte Straßengeräusche drangen von unten hinauf. Laurie kuschelte sich tiefer in die warme Decke. Es reichte auch aufzustehen, wenn der erste Kaffeeduft durch die Wohnung ziehen würde. Frühstück machen gehörte glücklicherweise in Ryans Aufgabenbereich. Bestimmt war er jetzt wie üblich laufen im Washington Square Park und würde anschließend beim Bäcker anhalten. Frische Croissants, Bagels, Orangensaft ... Laurie hatte den Geschmack eines opulenten Frühstücks bereits auf

der Zunge. Aber vorher wollte sie noch ein paar Mi-nu-
ten schlafen. Danach würde vielleicht auch das Brummen in ihrem Kopf verstummt sein. Sie hätte so vernünftig wie ihr Mann sein und nach dem ersten Glas
aufhören sollen … egal, die guten Vorsätze fingen
schließlich heute erst an. Sanft glitt sie zurück in eine
Traumwelt.

***

Etwas Feuchtes kitzelte ihre Nase. Als Laurie es weg-
wischen wollte, fassten ihre Finger in etwas Warmes,
Weiches. Sie riss die Augen auf und blickte in ein kleines, verknautschtes Gesicht. Ein Mopswelpe saß auf ihrer Brust und sah sie neugierig an. Sie stieß einen überraschten Schrei aus und rappelte sich hoch.

„Er saß alleine in einem Karton. Ich glaube, er wurde
ausgesetzt. Wir werden ihn behalten müssen. Er heißt
übrigens George." Ryan setzte sich schmunzelnd aufs
Bett und gab Laurie einen langen Kuss. „Das habe ich
so vermisst", sagte er schließlich leise.

Sie lachte. „Ja, das letzte Mal ist immerhin schon ein
paar Stunden her."

„Seltsam, ich weiß. Es kam mir gerade nur so lange
vor."

„Aber man kann ja auch gar nicht oft genug küssen."
Sie lachte wieder. „Dafür habe ich etwas ganz Komi-
sches letzte Nacht geträumt. Ich habe Tiermedizin stu-
diert. In meinem Alter, stell dir das vor." Sie schüttelte
den Kopf. „Und ausgerechnet jetzt bringst du einen
Waisenhund mit. Und natürlich behalten wir ihn. Ich
wollte schon immer einen Hund haben."

Ryan sah sie interessiert an. „Der erste Traum des Jahres wird in Erfüllung gehen, sagt man. Außerdem bist du 27, nicht 87. Ich glaube, in deinem Alter kann man sich beruflich durchaus noch neu orientieren."

„Was hast du denn geträumt?", fragte sie, während sie den kleinen Hund streichelte, der zufrieden schnaufte.

„Ich habe geträumt, dass ich ein Haus baue. Es ist wunderschön geworden." Ryan lächelte, sah das Holzhaus noch genau vor sich, dass er entworfen und gebaut hatte.

„Dann gucken wir mal, was wir von den Träumen realisiert bekommen." Laurie schob ihre Beine aus dem Bett. Als ihre Füße das kalte Parkett berührten, zuckte sie zusammen und kicherte. „Frühstücken? Und danach bringen wir das Findelkind mal zum Tierarzt, ob mit ihm alles in Ordnung ist. Ich habe gehört, dass hier um die Ecke ein sehr guter sein soll."